阿瑟·米勒 作品系列

The Crucible

萨勒姆的女巫

阿瑟·米勒 著 梅绍武 译

上海译文出版社

目　　录

导言

美国戏剧的良心：阿瑟·米勒

在当代美国剧作家当中，自尤金·奥尼尔于一九五三年逝世后，最受西方重视的当属阿瑟·米勒、田纳西·威廉斯和爱德华·阿尔比三人。阿尔比属于荒诞派之列。米勒和威廉斯则接近现实主义，他俩都在探讨“人生意义”，但两人的创作方法迥然不同。威廉斯以《玻璃动物园》、《欲望号街车》和《热铁皮屋顶上的猫》三剧赢得了国际声誉，是一位斯特林堡式的作家；他侧重情感，注重剖析人的境遇和精神状态，而其笔下的人物也多半是精神上深受压抑或遭到社会排斥的底层人物。威廉斯力求通过剧作来揭示当代美国的社会病态，探讨人生的真正价值。米勒则以《推销员之死》、《萨勒姆的女巫》和《桥头眺望》等剧获得国际声誉，是一位易卜生式的社会剧作家；他着重理智，关怀整个人性。他认为舞台应是一个比单纯娱乐更为重要的传播思想的媒介，应为一个严肃的目标服务。

阿瑟·米勒本人曾说“艺术应该在社会改革中发挥有效作用”①，“伟大的戏剧都向人们提出重大问题，否则就只不过是纯艺术技巧罢了。我不能想象值得我花费时间为之效力的戏剧不想改变世界，正如一个具有创造力的科学家不可能不想证实各项已知事物的正确性”②。

一

阿瑟·米勒一九一五年十月十七日出生于纽约。父亲是犹太裔的妇女时装商，于三十年代初美国经济大萧条时期破产；母亲是中学教员，为此只好靠变卖她的首饰维持家庭生计，渡过难关。米勒中学毕业后到一家汽车零件批发公司工作了两年，积攒些钱后进入密歇根大学新闻系和英文系学习，开始试写剧本，并两次获得校

① 阿瑟·米勒：《时移世变》（自传），格罗夫出版社，第93页。
② 阿瑟·米勒：《时移世变》（自传），第180页。

内霍普沃德写作竞赛戏剧奖。在校内，他为了获得生活补助金，曾在生物试验室任养鼠员，并在学生主办的校园《日报》社担任记者和编辑。一九三八年，他获文学学士学位，从该校毕业后，一九四一年至一九四四年期间，他在一家制盒工厂干活，后又在海军船坞充当安装技工的助手，同时为哥伦比亚广播公司和全国广播公司撰写广播剧。他还当过卡车司机、侍者、面包房送货员、仓库管理员和电台歌手。一九四四年，他到陆军十一营为电影《大兵故事》收集素材，出版了报告文学《处境正常》，同年《鸿运高照的人》问世，这是他第一部在百老汇上演的剧本。

一九四七年，米勒的剧本《都是我的儿子》上演，获纽约剧评界奖，使他一举成名。这是一出易卜生式的社会道德剧，写一家工厂老板在第二次世界大战期间向军方交付不合格的飞机引擎的汽缸，致使二十一名飞行员坠机身亡。他嫁祸于人，虽然逃脱了法律制裁，却受到良心的谴责。最后他认识到那些丧命的飞行员“都是我的儿子”，遂饮弹自尽。

接着，《推销员之死》于一九四九年发表，在百老汇连续上演了七百四十二场，荣获普利策奖和纽约剧评界奖，从而使米勒赢得国际声誉。剧本叙述一名推销员威利·洛曼悲惨的遭遇。威利因年老体衰，要求在办公室里工作，却被老板辞退。他气愤地说：“我在这家公司苦苦干了三十四年，现在连人寿保险费都付不出！人不是水果！你不能吃了橘子扔掉皮啊！”（剧中一直没有交代他在推销什么，有人问作者，他说：“威利在推销他自己。”）威利在懊丧之下，责怪两个儿子不务正业，一事无成。儿子反唇相讥，嘲笑他不过是个蹩脚的跑街罢了。老推销员做了一辈子美梦，现在全都幻灭了，自尊心受到严重挫伤。他梦呓似的与他那已故的、在非洲发财致富的大哥争论个人爱好的事业，最后他为了使家庭获得一笔人寿保险费而在深夜驾车外出撞毁身亡。全剧手法新颖，无需换景，借助灯光即可随时变换时间和地点。剧中现在和过去的事相互交错。这出戏在一定程度上批判了美国的商业竞争制度。

五十年代初，米勒改编的易卜生的《人民公敌》上演，也获得好评。当时美国麦卡锡主义兴起，米勒于一九五三年根据北美殖民地时代的一桩株连无数人的“逐巫案”写出了历史剧《炼狱》，以影射当时非美活动调查委员会对无辜人士的迫害。这一时期，米勒因早期参与左翼文艺活动而屡次受到非美活动调查委员会的传讯。一九五七年，他因拒绝说出以前曾和他一起开过会的左派作家和共产党人的名字而被判“蔑视国会”罪，处以罚金和三十天徒刑，缓期执行，直到一九五八年八月上诉法院才将这一罪名撤销。这一时期，他还写了一出反映三十年代美国职工生活、带有自传性的感伤独幕剧《两个星期一的回忆》和一出反映意大利籍工人在美国的不幸遭遇的两幕悲剧《桥头眺望》。米勒于一九五六年和一九五九年先后获密歇根大学荣誉文学博士学位和美国全国文学艺术研究院金质戏剧奖章。

一九五五年米勒和妻子玛丽·斯赖特瑞离婚，次年与好莱坞名演员玛丽莲·梦露结婚。一九六〇年他把自己的一个短篇小说改编成同名电影剧本《乱点鸳鸯谱》，由梦露和克拉克·盖博主演。一九六一年电影拍摄完成后，两人因性格悬殊而离婚。一九六二年他与奥籍摄影家英格博格·莫拉斯结婚。

一九六四年米勒发表了一出反映现代人在社会上生存问题的自传性色彩相当浓厚的剧本——《堕落之后》。剧情是一名律师昆廷因两次婚姻失败，回忆他和两个离了婚的妻子之间的爱恨交织的关系，以及新近相识的奥籍考古学家霍尔佳给他带来恢复生活信心的希望。剧中还穿插了昆廷回忆自己的父母之间的纠葛，纳粹集中营的惨状和非美活动调查委员会对左翼知识分子的传讯。昆廷经过对生活经历的反思领悟到人类自从亚当犯了原罪堕落之后，就具有犯罪的本能和残杀成性、背信弃义等品质；人只认识到爱是远远不够的，更需要面对生活而无所畏惧。有些西方评论家认为米勒敢于暴露自己的灵魂而写出了一部意义深远的自传体文献，堪与奥尼尔的《长夜漫漫路迢迢》相并列而无愧。但是，剧中的当红歌星玛吉痛恨那些围在她周围的人只知让她为他们挣钱而丝毫不知感恩，并且影响她不能成为一名优秀的艺术家，加上她与昆廷结合后，因性格各异，时常发生顶撞，以致她厌倦生活，最后吞服安眠药自杀。玛吉俨然是玛丽莲·梦露的化身，剧情中也有多处可同米勒的往事相印证，因此有些西方评论家认为米勒在距离梦露死去不到一年半光景就把夫妇私情以戏剧方式赤裸裸地公之于世似嫌不符忠厚之道。例如剧评家罗勃特·布鲁斯就坦称此剧为"一个不足道的剧本，不匀称，冗长乏味而混乱"，并讥讽米勒是"在跳精神上的脱衣舞，而乐队却伴奏着‘是我的错’的节奏”。[①] 米勒本人认为这个剧本一时不易让人理解，但迟早会被公认为他的最佳之作。

同年，他还发表了一个独幕剧《维希事件》，进一步探讨了前一出戏的主题——人与他所憎恶的邪恶之间的关系，人类理智的沦亡和道义价值的丧失。这出戏描写德国法西斯分子在法国维希的一个拘留所里审讯犹太人时骇人听闻的情景。米勒认为大多数观众能理解这出戏不只是一个战争时期的故事，其中根本的争论点同我们当今活着的人息息相关，而且它必然涉及我们每个人同非正义和暴力之间的关系。

一九六五年至一九六九年，米勒连任两届国际笔会主席，曾多次投入拯救被关押的国内外同行的活动，如尼日利亚剧作家兼诗人渥雷·索因卡一九六六年曾被政府当局拘捕，有被处死的危险，就是经过米勒出面营救才得以获释的，后来索因卡在一九八六年荣获诺贝尔文学奖。

一九六八年，他发表的心理问题剧《代价》描写兄

① 《新共和》杂志第150期，1964年，第26—30页。

弟俩因所走的道路不同而产生的隔阂，对当代西方人盲目追求物质生活的现象作了一定程度的谴责。一九七二年他发表的《创世记和其他事业》是一出以漫画手法重述《圣经》中亚当和夏娃以及该隐杀弟的故事。剧名中的“其他事业”涉及当今舞台上追求“噱头”的喜剧。该剧虽是一出轻喜剧，却在每场提出一个哲理问题，如“人在需要正义的时候，上帝为什么继续制造非正义”等。全剧可以说是上帝和撒旦之间关于善恶性质的一场争论，而以《创世记》故事阐明各自的立场。米勒以讽刺的笔触使魔鬼在两者之间显得更具魅力，有时像人类的普罗米修斯，有时又颇像人间狂暴的独裁者。此剧受到西方剧评家的攻击，仅上演了十二场。米勒对此不服，次年又把它改编成音乐剧《来自天堂》，在他的母校密歇根大学公演。米勒于一九七二年当选为民主党全国大会代表。

一九七七年，他发表了《大主教宅邸的顶棚》，剧情是东欧某个国家一位知名作家由于写了一封信给联合国谴责自己国家内部的弊端而要么流亡，要么等待以叛国罪受审。最后他决定留下来，把部分手稿委托一位美国作家朋友偷运出去，尽管那位朋友可能会遭到当局的逮捕。场景是一间曾是大主教宅邸的房间，剧中人都相信顶棚装有窃听器。米勒借此隐喻人对自己的命运无法确知，人际关系的复杂，以及人不可轻信他人。

八十年代初，米勒受美国作家斯特兹·特克尔《艰难的日子：一部关于大萧条时期的口述历史》（一九七〇）一书的启发，写出一部以三十年代美国经济大萧条为背景的社会剧《美国时钟》，目的是使年轻一代美国人了解美国那一段悲惨的历史。一九八〇年，他还把以色列歌唱家法尼亚·费娜隆的回忆录改编成了一部电视剧《为了生存的演奏》，内容完全依据历史事实：法尼亚·费娜隆是一位有一半犹太血统的法国艺人，二次大战中被关进奥斯威辛集中营，由于她是巴黎夜总会的名歌星，集中营的女管理员发现后把她编入由女犯人组成的乐队，为纳粹军官演出。费娜隆因此而得以避免葬身煤气室的命运。费娜隆在战后定居以色列，一九七八年出版了她的回忆录，此书曾轰动一时，各国犹太人团体都曾借重她作为希特勒迫害犹太人的见证，抗议纳粹势力的复苏。但该片由于让一位公开反对以色列而支持巴勒斯坦的美国女明星范尼莎·赖特格莱主演，引起犹太人抗议的风波，后经多方磋商，才得以播出。西方评论界基本上对该片予以肯定，认为它是一部揭露希特勒排犹罪行、为犹太民族伸张正义的电视剧。

一九七八年，米勒夫妇来华访问，同我国戏剧界同行切磋艺事，回国后出版了一本反映中国人民生活的图文并茂的《访问中国》。一九八一年，上海人民艺术剧院上演了由黄佐临同志导演，米勒自己推荐的《炼狱》（演出时改名为《萨勒姆的女巫》）一剧。一九八三年，米勒再度来华，亲自导演了他的名剧《推销员之死》，由北京人民艺术剧院上演，获得很大成功。一九八四年，他出版了《“推销员”在北京》一书，记述了他在北京执导《推销员之死》一剧的经过，阐述了他对戏剧的精辟见解。

一九八二年，他发表的两个独幕剧《某种爱情故事》和《献给一位女士的哀歌》没有引起西方戏剧界的重视。两剧后在英国以《两面镜》为书名于一九八四年出版。一九八七年，他又推出两部独幕剧《往事如烟》和《克拉拉》，以《危险：回忆！》为书名出版。这两出戏于一九八七年二月八日开始在林肯艺术中心上演，受到好评。《往事如烟》描写两位老人之间的故事。女主人公莉奥诺拉是个阔寡妇，当她看到当今文明世界充斥着野蛮暴行和狂言时，感到幻想破灭，一切无望，遂到苏格兰隐居，有意想把现实中的严酷事实从记忆中驱逐出去。一天，她回到康涅狄格州乡间拜访老朋友利奥，晚餐时两人发生了争执。利奥是个共产党人，坚持致力于他的政治事业，拒绝放弃信仰，对世界的未来充满希望。利奥同莉奥诺拉猜字谜时，诙谐地阐明了他对人类的看法，言谈中对她做出了巧妙的挑战。《克拉拉》一剧描写有关一起谋杀案的审讯。女社会工作者克拉拉被人暗杀，而凶犯又很可能是曾被她“平反昭雪”的罪犯之一，警察当局严厉盘问克拉拉的父亲，以图从他口中获取一些线索，但克拉拉的父亲始终对女儿的生活守口如瓶，不肯透露。剧中还穿插了对越南战争和大屠杀的回忆等等。米勒说，这两出戏写的是“人们力图忘记过去，以及人们有意为忘却痛苦而采取的办法，但是这有时又会使你感到如负重罪，痛苦难熬，压得你喘不过气来”。显然米勒写此两剧旨在揭示当今西方世界的复杂的人际关系以及频频出现的暴力现象。

一九八七年，米勒还发表了他的长达五十余万字的自传《时移世变》，对他所走过的漫长曲折而又丰富多彩的生活和艺术道路做了深沉的回顾和反思，随带着也对人生、社会和历史做出了严肃的思考。书中有一段记载他一九八四年荣获华盛顿肯尼迪艺术中心荣誉奖，出席国务院招待肯尼迪荣誉奖获得者的宴会，官方主人是乔治·舒尔茨国务卿。由于国务院餐厅正在翻修，临时改在坎农办公大楼一间餐厅里举行，米勒恍惚觉得以前曾经来过那间屋子，后来发现那正是当年非美活动调查委员会审讯他的那间屋子，使他不禁感慨万千。米勒写道：

> 看来唯一使我有所感的是一种讽刺意味：一想到当年就是在这间屋子里，热浪滚滚的煤气曾经朝我迎面扑来，真叫我觉得这种讽刺冰冷得像金属块一样。我环视那些兴高采烈的来宾，那位容光焕发、面带微笑的国务卿，以及其他几位获此殊荣的知名人士，再一次觉得自己是个朝里张望的局外人，甚至觉得这一切不像是真的。我料想这大概是因为我体验过当年那种冷酷无情的排斥，势必不会轻易地就在这样的典礼盛会上领受对我如此和谐的祝贺。不

过，我还是能——怀着几分热情——享受这种兴高采烈的场面。也许我有一种幻觉，认为自己已经不再畏惧权势，已经跟它够接近了，足以认清权势所拥有的一切没有什么是我可要的。我以前对这个制度持续不断的善行所怀有的不少信念，现在也在内心泯灭了。在这两次场合中，唯一没有变化的是那面国旗，它如今挂在墙边的旗杆上面，也许就是当年挂在沃尔特议员脑袋后边的那一面；我回想起当时它如何叫我尽管放心，虽然我明白它对世间许多别人来说，象征着残酷的富裕和傲慢的蒙昧。但是，怎样才能在我这一生当中把这一切连贯起来呢？或许我只好满足于把这看成全是一场梦，一场不断流放和不断回归的梦吧。①

进入九十年代，米勒为避免他所谓的百老汇的“黑色失败主义”，开始在英国伦敦首演他一九九一年写的新剧《驶下摩根山》。剧中描述一个颇有声望的商人莱

① 阿瑟·米勒：《时移世变》（自传），第452页。

曼·费尔特驾车在摩根山上失事；他躺在纽约北部一家医院的病床上，他的两个妻子都去看望他，首次在病床边相遇，使他十分尴尬，从而在昏迷中进行反思，认识到自己所犯重婚罪的不可饶恕以及背叛行为的可耻。结局是两个妻子和他的子女都抛弃了他。评论界对此剧褒贬不一。米勒本想把此剧写成一部道德喜剧，却似乎没有达到预期目的。一九九三年和一九九四年，米勒又先后发表了独幕剧《最后的美国佬》和两幕剧《破碎的镜子》，进一步探讨了西方世界人与人之间的疏离、人的自我否定以及人对往事的遗忘等等事实。米勒在《破碎的镜子》一剧中再次以鉴古知今的手法提醒人们勿忘当年希特勒迫害犹太人的罪行，对当今法西斯主义复苏的趋势勿持旁观态度。此剧获英国一九九五年度奥立弗最佳戏剧奖。

二

一般认为，《推销员之死》、《萨勒姆的女巫》、《两个星期一的回忆》、《桥头眺望》和《美国时钟》为阿瑟·米勒比较主要的剧作。

《推销员之死》

《推销员之死》是米勒第一部获得普利策奖的成功之作，也是使他享有国际声誉的代表作。此剧虽获得许多嘉奖，受到观众欢迎，但是当时也遭到不少攻击。报刊上出现许多从政治、社会和心理角度评论它的文章。有的认为此剧虽有批判美国商业制度的意图，但其结果不过是描绘了一个小人物的潦倒失败而已。另一右派刊物称它为"一枚被巧妙地埋藏在美国精神大厦内的定时炸弹"。还有的把米勒看成是"一个被悲剧所迷惑的马克思主义者"，称此剧是"共产党的宣传"。美国《工人日报》也认为它是一出内容颓废的戏。西班牙上演此剧后，天主教派报刊甚至把它视为"不信仰上帝的灵魂遭到幻灭的明证"。①

但是，美国某一推销员协会却把作者奉为自己的守护神，而另有一些推销员商会则抱怨说，由于它的影响，使他们在招聘新推销员时遇到了困难。好莱坞曾不惜耗资百万把它拍成电影，却又害怕它在社会上引起不

① 罗伯特·阿·马丁编《阿瑟·米勒戏剧散文集》，维京出版社，1978年，第140页。

良后果，挖空心思在正片前加演一部文献纪录片，特意说明推销业对社会经济是多么地重要，推销员的生活是多么有保障，而正片中的主角只不过是极其个别的例子而已。

米勒在与《纽约时报》记者的一次谈话中强调他写此剧的主要动机是想“维护个人的尊严”。他还在一篇文章中说，此剧“自始至终贯串着一个人在世态炎凉的社会中生存的景象。那个世界不是一个家，甚至也不是一个公开的战场，而是一群克服失败的恐惧、前途无量的人物的盘踞地”[①]。一九八三年，米勒在北京时又说：“我是要探索如何通过一出戏反映社会、家庭和个人的现实，以及人的梦想。写这出戏时，我抛开了一切顾虑，只追求写出反映真实的内容……这出戏一直保持着它的影响，因为它反映了这个混乱的现代社会中各种自相矛盾的现象，包括精神生活方面的自相矛盾。”[②] 在他的自传中，米勒还透露道：

---

① 罗伯特·阿·马丁编《阿瑟·米勒戏剧散文集》，维京出版社，1978 年，第 143 页。

②《阿瑟·米勒在〈外国戏剧〉编辑部做客》一文，北京《外国戏剧》，1983 年，第 3 期，第 7 页。

我在写作过程中嗤嗤发笑，主要是针对威利那种彻头彻尾自相矛盾的心理，正是在这种笑声中突然有一天下午冒出了这出戏的剧名。以往有些剧本，诸如《大主教面临死亡》、《死亡和处女》四部曲等——凡是剧名带有“死”这个字眼儿的戏素来都是既严肃又高雅的，而现在一个诙谐人物，一大堆伤心的矛盾，一个丑角，居然要用上它啦，这可真有点叫人好笑，也有点刺目。对，我的脑海里可能隐藏着几分政治；当时到处弥漫着一个新的美利坚帝国正在形成的气氛，也因为我亲眼见到欧洲渐渐衰亡或者已经死亡，所以我偏要在那些新头目和洋洋自得的王公面前横陈一具他们的信徒的尸体。在这出戏首演那天晚上，一个女人，我姑且隐其名，愤恨地把这出戏称作“一枚埋在美国资本主义制度下面的定时炸弹”；我倒巴不得它是，至少是埋在那种资本主义胡扯的谎言下面，埋在那种认为站在冰箱上便能触摸到云层、同时冲月亮挥舞一张付清银行购房贷款的收据而终于成功之类的虚假生活下面。①

总之，米勒在此剧中有意无意地戳穿了美国社会流行的人人都能成功这一“美国梦”的神话。

《萨勒姆的女巫》

《萨勒姆的女巫》描写的是一六九二年在北美马萨诸塞州萨勒姆镇发生的迫害“行巫者”的案件。当时那里居住着一支盲信的教派（清教徒），形成一种政教合一的统治，他们排斥异教徒，制定了自己的清规戒律，禁止任何娱乐活动，实行禁欲主义。一场“逐巫案”就是在这种基础上发生的，而在这场骗局的背后则是富豪们对土地的吞并和掠夺，结果酿成了萨勒姆镇的一场四百多人被关进监狱、七十二人被绞死的悲剧。米勒在此剧中成功地塑造了男主人公普洛克托的英勇形象，他被人诬陷，遭宗教法庭处以重罪投进地牢。他虽有强烈的求生欲望，却不愿以出卖朋友、出卖灵魂为代价换取屈辱的生存，最后毅然走上绞刑架。他以自己的死严正宣

① 阿瑟·米勒：《时移世变》（自传），第184页。

告了人的尊严和正直的美德是不可侮的，因而也是不可战胜的；而宗教束缚和神权压迫则违背人性，是反人道反科学的，因而是腐朽的，必然会灭亡的。

五十年代初美国麦卡锡主义猖獗一时，米勒本人也屡次受到非美活动调查委员会的传讯，并被判处“藐视国会”罪。因此，关于《萨勒姆的女巫》，西方一般剧评家都认为米勒是有意识地借这部关于宗教迫害的剧本影射当时非美活动调查委员会对无辜人士的政治迫害。米勒承认有此意图，但强调此剧具有远比只是针砭一时的极右政治更为深远的道德涵义，旨在揭露邪恶，赞颂人的正直精神。美国剧评家马丁·哥特弗里德认为此剧“可与米勒自己在美国众议院非美活动调查委员会上作证时英勇不屈、慷慨陈词的表现相提并论。作为一部戏剧作品，它结构匀称，充满激情；作为一部伸张正义的作品，它具有一种罕见的庄严气氛”。

《萨勒姆的女巫》于一九五三年在美国纽约上演后，受到观众热烈的欢迎，荣获安东纳特·佩瑞奖。一九五七年，法国著名作家让-保罗·萨特把它改编为电影剧本。一九六二年，苏联斯坦尼斯拉夫斯基剧院在排演时强调了剧作的现代影响：爱好自由的人类精神对抗邪恶和反动势力的胜利。一九六五年，英国老维克剧团由著名戏剧家劳伦斯·奥立弗执导并主演此剧，轰动一时。此剧还曾在其他许多国家上演，卖座率始终不衰，成为阿瑟·米勒的一部最能持久上演的剧本。

一九八一年九月，上海人民艺术剧院将这出戏搬上我国舞台；黄佐临先生亲自执导，深刻发掘剧本本质，并给予鲜明的舞台体现，得到历经十年浩劫的我国观众深刻的理解。一位观众写信道："欣赏阿瑟·米勒这出名剧，得到一次高级的享受，十分感谢！为了维护政教合一，为了巩固其蛮横不合理的统治，不惜愚昧乡民，造谣诬陷，草菅人命，前两幕揭露已很有力，后两幕则更为深刻。"① 另一位观众在信中感慨地说："历史常有惊人的相似之处，这个教训太深刻了，历史悲剧不能再重演！"②

《两个星期一的回忆》

此剧自传性浓厚，写的是纽约一家汽车零件批发公

---

①《星期六评论》，1979 年。

②《谈佐临导演的〈萨勒姆的女巫〉》一文，北京《外国戏剧》，1982 年，第 2 期。

司顶楼发货室里职工工作的情况。他们浑浑噩噩地过日子，有的酗酒、寻欢作乐，有的胸无大志、过一天算一天，有的因年老体衰即将被老板辞退。青年职工伯特（当年作者本人）无限感慨地说："每天早晨看到他们为什么使我伤心泪下？这就像是在地铁里，每天看到同一些人上，同一些人下，唯一的变化是他们衰老了。上帝！有时这真把我吓呆了；我在这个世界上，就像在一个偌大的房间里来回冲撞，从南墙到北墙，从北墙到南墙，永远没有个头啊！就是没有个头啊!"伯特后来攒够了钱去上大学，临行时向大家告别，但他们却忙于干活儿，对他离去毫无表示，他只得默默地走了。

有些英美剧评家认为这出戏像"活报剧"，是在批评人生的绝望和悲哀。米勒不同意这种看法，并称此剧是一出"哀婉的喜剧"，或是一部本世纪三十年代的文献记录。"我写这部剧本部分原因是想再体验一次那种公开而赤裸裸的贫困现实，同时也希望为自己表明希望的价值，以及为什么要产生希望，还有那些至少懂得如何忍受那种毫无希望的痛苦的人们所具有的英雄品质。”[①] 他认为剧中所谈的是“人生需要有一点诗意”，而且还承认他特别偏爱这出戏。

《桥头眺望》

此剧最初为独幕剧，一九五五年在美国上演并未受到重视，后米勒把它修改成两幕剧，于一九五六年在伦敦和巴黎上演时才获得成功。全剧写的是三十年代美国的意籍移民的生活。两名意大利年轻兄弟因在家乡失业而非法进入美国，暂居已归化为美国人的亲戚埃迪家中。哥哥挣钱寄回老家养活妻儿老小；未婚的弟弟却同埃迪养大的外甥女产生了恋情，遭到埃迪变态的妒忌和反对，并招致他向移民局告发，兄弟俩均被扣押。在保释期间，哥哥由于埃迪断送了他的生活出路而在一次争斗中把埃迪刺死，酿成一场悲剧。美国进步报刊当时曾给该剧以好评，认为米勒在此剧中有如实反映美国工人阶级生活的一个侧面的意图。

米勒说这出戏是他根据一桩真人真事写成的，他认

---

① 罗伯特·阿·马丁编《阿瑟·米勒戏剧散文集》，维京出版社，1978年，第164页。

为剧中的主人公埃迪“并不是一个值得让人哀怜同情的人物，此剧也无意使观众落泪。但是，它却有可能使我们把埃迪的举动同我们自己的举动联系起来反省，从而更好地剖析自己，认识到我们不仅仅是一些孤立的心理实体，而是同自己同胞的命运和悠久的历史密切相连的”。[①] 此剧仍属于米勒一贯喜爱创作的社会道德剧，其中探讨了人性、人的尊严以及新旧道德概念和法则之间的冲突。在写作手法上，米勒在剧中安排一名律师来穿插叙述案情，起到了类似希腊悲剧中合唱队的作用。

《美国时钟》

此剧是米勒以三十年代美国经济大萧条为背景写出的一个社会剧。据他本人说，他是受美国作家斯特兹·特克尔《艰难的日子：一部关于大萧条时期的口述历史》一书的启发，经过多年酝酿才写成这出戏。特克尔通过他所访问的众多普通美国人的口述，以新闻体裁生动地反映了三十年代那场席卷整个资本主义世界的经济

① 阿瑟·米勒《桥头眺望》修订本前言。

危机给美国人民精神和生活带来的灾难，而米勒则把这一惊心动魄的悲惨景象更为真实地再现于舞台。全剧人物多达四十余个，几乎囊括了美国社会各阶层人士。有的美国剧评家由此而认为剧作家没有着重刻画三两个主人公的面貌，是此剧的一项缺陷，殊不知米勒的意图正在于说明那场危机"几乎触及了所有的人，不管他住在什么地方，也不管他处于什么样的社会地位"，他用戏剧形式在观众面前展现了一幅文献性壁画，侧重灾难的全貌，从而重振人们的尊严和信心。这种形式早在布莱希特的一些剧本和多斯·帕索斯的那部《美国》三部曲小说中有关新闻短片的章节里就已出现过，米勒则把它做了进一步的发挥。

米勒的剧本一向具有自传性质。由于他目睹了那场危机，《美国时钟》中的许多场景可以说是他根据回忆记录下来的真实情景，例如剧中人李中学毕业后因家庭生活拮据而不得不辍学进入工厂工作，就是他自己的一段亲身经历。又如米勒参加过当时的左翼运动，剧中一些青年钻研马克思和恩格斯著作，追求进步思想，尽管个别人有糊涂思想，也不足为怪，它仍然可以说是米勒对当时美国青年思想面貌如实的写照。尤其值得称道的是，全剧阐述了美国人民经历了那次浩劫后终于认识到“这个国家其实是属于他们的”。以这一思想转变作为全剧的结尾，说明米勒在创作思想上已突破了过去那种仅仅局限于描写资本主义社会中推销员等小人物的个人悲欢离合的狭隘题材。米勒写此剧的动机，无疑是想告诫美国人民，尤其是青年一代，不要在虚假的繁荣景象中忘却过去沉痛苦难的历史，其用心良苦使《美国时钟》具有较深刻的教育意义。

此外，米勒在这出戏的剧作手法上，也沿袭了他所惯用的倒叙穿插、不受时空限制的技巧，而且运用得更加自如。该剧布景简朴，场景转换迅速，道具由演员带上舞台，充分发挥舞台灯光的效果，这一切都显示出这位老剧作家仍然在不断探索戏剧创作的新手法。

《美国时钟》一九八〇年五月首演于南卡罗来纳州的斯波里多戏剧院，十一月移至纽约百老汇，但仅上演了十二场，未受到应有的重视。米勒并未气馁，对剧本做了精心的修改，于一九八四年奥运会前夕在洛杉矶马克·泰珀剧院再度公演，终于获得好评。同年英国伯明翰的轮换剧目剧院也上演了这出戏。《卫报》评论道：“与其说它是一出传统剧，毋宁说它是大萧条期间万花筒般的美国社会史。这出戏很可能不是米勒的杰作之一，但它表现了戏剧概括时代基调的力量。”一九九五年，英国阿瑟·米勒研究专家克里斯托弗·比格斯贝编辑的《阿瑟·米勒剧本选》（轻便本）中选入的《美国时钟》，又经米勒重新做了修订。

三

除去剧本，米勒还写过小说《焦点》、《我不再需要你：短篇小说集》和儿童读物《珍妮的毯子》等。他一九八七年发表的《时移世变》（自传）约五十余万言，堪称近年来美国出版的一本优秀自传。

在自传中，米勒叙述了犹太裔祖代从波兰移居新大陆后的创业经过以及父亲在三十年代初经济大萧条时期破产而由母亲典当求告挽救家庭困境的惨状，继而回忆了自己中学毕业后四处打工，干过不少种苦力活儿，一度幻想当歌星，后来积攒些钱进入密歇根大学学习，迷上戏剧，逐步成为剧作家的经历。在这期间，他接触到马克思主义，寄希望于苏联和社会主义，并积极从事左翼文艺和反法西斯等进步活动，导致五十年代中期遭到非美活动调查委员会的传讯，并被判处“藐视国会”罪。嗣后他参加了反越战运动，又积极投入国际笔会的活动。

书中详尽阐述了他一贯反对百老汇商业化戏剧的观点，他对戏剧所持有的精辟独到的见解，以及他创作每部剧作的艰苦历程。对众多同时代的剧作家、小说家和诗人（包括奥尼尔、奥德茨、威廉斯、海尔曼、斯坦贝克、梅勒、贝娄、庞德和弗罗斯特等人），他都给予不人云亦云的评价。他也接触到许多戏剧和电影界的导演和演员，诸如哈里·霍恩、伊莱亚·卡赞、李·斯特拉斯堡夫妇、劳伦斯·奥立弗和克拉克·盖博等人，对他们都作了细致而有趣的描绘。书中也包括了他的三次婚姻，首次披露了他与梦露一段姻缘的恩恩怨怨，他以深切同情的笔触描述了孤女出身的梦露受尽社会压力的折磨和别人的剥削、身心忧郁而艰苦奋斗的一生，批驳了外界对梦露的歪曲宣传；此外，他也欣慰地谈到他与奥籍摄影师英格博格·莫拉斯结合后互敬互爱的美好生活。

在写作结构上，米勒没有严格采取按年代顺序平铺直叙的手法，而是把一生事迹前前后后、纵横交错地穿插叙述，有时两三件事交叉进行，环环相扣，恰到好处，真有点像《推销员之死》的主人公威利·洛曼脑海中那种过去与现在的事交错闪现那样，或者说更像电影画面淡入淡出交叉隐现的技巧。这种新颖手法无疑使这部自传别具一格，使读者不觉得枯燥乏味。米勒的文笔犀利，隽永流畅，时而还充满诙谐幽默感，颇有契诃夫的风格（契诃夫是米勒最崇敬的两位作家之一，另一位是托尔斯泰）。在回顾往事时，他还夹叙夹议，其中不少富有哲理的涵义，发人深省，甚至可以使人从中得到启发和教益。

这部自传不单单是个人的感人肺腑的故事，而且近乎是一部当代美国社会编年史，为读者了解二十世纪美国文坛、剧坛以及美国社会不断演变的情况提供了丰富而珍贵的资料。

四

阿瑟·米勒不仅是美国当代著名剧作家，而且也是一位卓越的戏剧理论家。他论述戏剧的文章已由密歇根大学罗伯特·阿·马丁教授编成《阿瑟·米勒戏剧散文集》，于一九七八年出版，在西方戏剧界颇有影响。

米勒跟奥尼尔一样，创作的剧本多半是有关普通人的悲剧，他认为普通人与帝王将相同样适合作为高超的悲剧题材，但是他又不赞成把悲剧写成悲怆剧，在他看来，悲剧和悲怆剧之间的主要区别在于悲剧不仅给观众带来悲哀、同情、共鸣甚至畏惧，而且还超越悲怆剧，给观众带来知识或启迪。他认为悲剧是对为幸福而斗争的人类最精确而均衡的描绘，“因为悲剧是我们拥有的最完美的手段，它向我们显示我们是什么样的人，我们必须做什么样的人，或者我们应该力争做什么样的人”[①]。他也不同意那种认为悲剧作家都具有悲观主义的论调，“悲剧事实上所包含作家的乐观主义程度要比喜剧还要多，悲剧的最终结局应该是加强观众对人类的前景抱有最光明的看法”[②]。米勒这种见解无疑会加深人们对悲剧的理解。

米勒一贯反对西方商业化、纯娱乐性的庸俗戏剧，而坚信戏剧是一种反映社会现实的严肃事业。他认为剧作家如果不去调查社会作为一个明显而关键的部分所具有的全部因果关系，就不可能创作出一部真正高水平的

---

①《阿瑟·米勒戏剧散文集》，第 11 页。

②《阿瑟·米勒戏剧散文集》，第 6 页。

严肃作品。米勒一九五六年曾经在一篇题为《现代戏剧中的家庭》的文章里感叹道：

> 在过去的四五十年里，一般的现实主义遭到了攻击——原因在于它不能美妙而自如地在私人生活和社会生活之间越来越扩大的鸿沟上架起桥梁。表现主义对这也解决不了，因为它完全抛却心理上的现实主义而跨跃到单独描绘社会力量那一方面去了，从而使问题遗留下来。所以我们现在的许多剧本都或多或少具有颓废的气氛；在过去的十年里，这些剧本越来越趋向单独详述心理因素，而很少或无意把人物的社会作用和冲突弄清并加以戏剧化。任何一位明智的人显然都明白人类的命运是社会性的，所以把那些摒弃社会的作品归结为腐朽是恰当的。①

此外，米勒还曾说过："社会在人之中，人在社会

---

①《阿瑟·米勒戏剧散文集》，第 82 页。

之中，你甚至不可能在舞台上创造出一个真实描绘出来的心理实体，除非你了解他的社会关系。”米勒的这种观点，即人的命运是社会性的，舞台应是一个较之单纯提供娱乐更为重要的传播思想的媒介，它应该为一个严肃的目的服务，是值得称道的。米勒在他改编的《人民公敌》序言中呼吁道：“剧作家必须再次表明有权利以他的思想和心灵来感染观众。公众也有必要再次认识到舞台是一个传播思想和哲学、极为认真地探讨人的命运的场所。”①

不过，米勒不赞成在剧作里干巴巴地说教。他主张戏剧应当使人类更加富有人性，也就是说，戏剧使人类不那么感到孤独。

在艺术创作手法上，阿瑟·米勒曾说他是“规规矩矩地以传统的现实主义为基础，而且试图使用各种方式来扩展它，以便直接甚至更猝然、更赤裸裸地提出隐藏在生活表面背后的、使我感动的事物”②。确实如此，米勒多次巧妙地运用了表现主义和象征主义等方式，丰富了他的现实主义创作。他一直在不断地探索，不断地

---

①《阿瑟·米勒戏剧散文集》，第 17 页。

②《阿瑟·米勒戏剧散文集》，第 167 页。

创新。

米勒对马克·吐温做出过这样的评论："他并非在利用他那种跟同时代的公众幻觉相疏离的态度来抗拒他的国家，好像没有它也能生存似的，而显然是想借此来纠正它的弊端。"① 这恰恰也适用于米勒本人，正是他本人的写照。

一九七九年美国著名剧评家马丁·哥特弗里德在《星期六评论》杂志上撰文称米勒的《推销员之死》、《萨勒姆的女巫》和《桥头眺望》是"三部气势宏伟的剧本，具有显示人性的广泛内容，却又高于现实生活，因为它们诗意盎然并具有崇高的道德力量。毫无疑问，阿瑟·米勒是美国戏剧的良心"。他认为世界上只要还有舞台存在，这三出戏就会上演，传之不朽。

梅绍武

一九九七年初稿

一九九八年六月校订

---

① 阿瑟·米勒为《马克·吐温牛津选本》（牛津大学出版社，1996年）写的前言。

萨勒姆的女巫

献给玛丽

四幕剧

剧中人物

巴里斯牧师

蒂图芭

苏珊娜·瓦尔考特

托马斯·普特南

玛丽·沃伦

吕蓓卡·诺斯

约翰·赫尔牧师

法兰西斯·诺斯

哈里克警长

丹佛斯副总督

霍普金斯

贝蒂·巴里斯

阿碧格·威廉斯

安·普特南太太

梅喜·刘易斯

约翰·普洛克托

詹理斯·考莱

伊丽莎白·普洛克托

伊齐基尔·契佛

哈桑法官

萨拉·古德

关于本剧史实方面的一个注解

如果按照史学家使用历史这个词汇的意义来说，这个剧本不能算是历史。有时为了戏剧效果而需要把许多人物合而为一；卷入那场“呐喊指控”的闹剧的姑娘人数减少了一些；阿碧格的年龄提高了几岁；当时有几位法官权力几乎相等，我在剧中用哈桑和丹佛斯这两个人物象征性地代表他们。但是，我相信读者会由此而发现人类史上最古怪而最可憎的一页的本质。剧中每个人物的命运都同他历史上原型的命运完全相符，个个都在历史上扮演过类似的——在某些情况下可说是一模一样的——角色。

至于这些人的情况，除了可以从少数几封信件、审判记录、当时发布的某些告示和一些有关他们品行的各种不同的可靠资料当中推测出若干情况之外，大多数人的情况不明。所以，除去我在剧本中注明的情况之外，这些人物可以说是我尽力依照他们已经为人所知的行为加以描绘而创造出来的。

第一幕

（序幕）

一六九二年春季，马萨诸塞州萨勒姆乡镇赛缪尔·巴里斯牧师住宅楼上的一小间卧室。

左侧有一扇窄小的窗户。晨曦通过铅条窗格玻璃照洒进来。右侧有一张小床，旁边还点着一根蜡烛。其他家具为一个大衣柜，一把椅子和一张小桌。后墙有一扇门，正对着下到底层去的楼梯的平台。这间屋子给人一种干净而宽敞的感觉。屋顶椽木露在外面，质地粗糙，没有涂漆。

幕启时，巴里斯牧师跪在那张小床旁边，

显然是在祷告。他那十岁的女儿贝蒂·巴里斯木呆地躺在床上。

这次事件发生时，巴里斯是个四十五岁上下的人。在历史上，他声名狼藉，没有什么让人说好话的地方。他认为自己不管走到哪里，尽管竭力争取人们和上帝站在他这一边，却一直感到自己在受迫害。在教友举行集会时，如果有人事先没征求他的许可就擅自站起来去把门关上，他就觉得受到了侮辱。他是个鳏夫，对孩子和他们的天资一概不感兴趣。他把他们看成小大人，而且直到这次怪诞的危机事件之前，他跟萨勒姆乡镇别的人一样，根本就没把孩子当回事，而只觉得大人允许他们两眼微微低垂，两臂耷拉在身边，笔直地朝前走路，得到许可才说话，就已经蛮不错了，为此他们还应该感谢哩。

他的住宅坐落在“乡镇”内——可是按照今天的标准，我们简直都不会称它为一个乡村。教友聚会所就在附近；从这里展延出去直到海湾或内陆，只有很少一些带小窗户的深暗色房屋，蜷伏在阴冷的马萨诸塞冬日里。萨勒姆乡镇建立起来还不满四十年。对欧洲人来说，这整个地区是个蛮荒的边疆，住着一支盲信的教派；尽管如此，他们也往外输出产品，数量和价值均在慢慢增长。

没有人能真正知道他们是怎样生活的。他们没有小说家——任何人即使手边有部小说，也不许看。他们信仰的教义禁止任何类似剧院或“无益的娱乐”这类玩意儿。他们不庆祝圣诞节，假日对他们来说只意味着应该更加专心致志地祷告。

这并非说在这种阴沉而严格的生活方式当中就连一点破例都没有。譬如说，盖一所新农舍，朋友们相帮来“起屋顶”，主人也会准备佳肴美馔，也许还会有几瓶烈性苹果酒传来传去。萨勒姆镇也有不少没用的人，他们在布丽奇特·比肖普小酒馆里的游戏台上转铜子儿消磨时光。也许艰苦劳动比教义信条更有力量，能使这里的道德免于沉沦，因为人们不得不像英雄那样向土地夺取颗颗粮食，说实在的，没人有太多的时间闲散游荡。

但是，这里实行一种两人一组的巡逻队四处执勤的制度，表明这里也有一些小花脸式的人物；他们的任务是“在人们做礼拜的时候来回巡逻，注意有谁在教堂里没有认真听牧师布道，对仪式漠不关心，或者留意谁在家里或地里表现不良，然后便把这些人的名字记下来，报告到行政长官那里去，于是这些人就有可能被指控”。这种特别爱管别人闲事的风气在萨勒姆居民当中久受尊重，无疑产生种种猜疑，其中许多猜疑后来助长了那阵正在来临的疯狂。照我的看法，这也正是一位名叫约翰·普洛克托的人所要反对的一件事，因为那种武装营时代已经差不多过去了，何况乡间也相当地——尽管并非彻底地——安全，老一套风纪开始招人怨恨了。

但是这种争论，正如所有这类事那样表现得并不明朗，原因在于危险依然可能存在，保证安全的办法还要靠团结一致。

邻近就是荒野的边缘。美国人居住的大陆无边无尽地朝西展延，对他们来说真是无比神秘。一眼望去，茫茫大地日夜呈现在他们面前，隐秘而咄咄逼人，因为印第安部落时不时从那里出来袭击他们，巴里斯牧师就有一些属于他管辖之下的教民，他们的亲属被这些异教徒夺去了生命。

这里的老百姓有一种狭隘的地方观念，一部分原因在于他们没有能使印第安人皈依基督教。他们也许宁愿从异教徒而不是从同胞基督教徒手中把土地夺取过来。不管怎么说，改变信仰的印第安人寥寥无几，因此萨勒姆镇居民认为这块处女林地是魔鬼最后的保留地、据点和坚守不放的堡垒。就他们所知，美洲森林是地球上最后一块不敬仰上帝的地方。

先是为了这些原因，当然还有其他缘故，他们采取了一种固有的对抗乃至迫害的态度。他们的祖先当然在英国受过迫害，所以他们和他们的教会现在有必要不给任何其他教派以自由，唯恐他们的新耶路撒冷会受到一些错误的生活方式和骗人的思想的亵渎和败坏。

简而言之，他们相信自己坚定的双手在高举那支会照亮世界的圣烛。我们继承了这种信仰，而这种信仰既帮助了我们，也损害了我们。它使他们纪律严明，从而受益。他们大体上都是虔诚的老百姓，选择在这片国土安居乐业，或者是出生在这里，因而不得不争取生存。

他们在性格上同头一批在更遥远的南方弗吉尼亚州詹姆斯敦定居下来的移民截然相反，相比之下就可以证实他们的信仰是有价值的。在那里登陆的英国人主要的动机是为了追逐利益。他们想捞取这片新国土的财富，发财致富，返回英国。他们是一帮个人主义者，一群比马萨诸塞人更善于讨好奉承的人，但是弗吉尼亚把他们毁了。马萨诸塞人试想消灭清教徒，可是清教徒联合起来了；他们组成一种公有社会，一开始近似一种武装营，有个十分忠诚的专制领导。但是，这是一种经由公众同意的专制，因为他们自上而下具有一种共同的思想，从而团结一致；这种思想持久存在正是他们遭受一切苦难的原因，也正是他们为一切苦难辩解的理由。所以，他们那种自我克制的能力，坚决的意志，对一切无益的消遣所产生的怀疑，高压审判，都是征服这块十足与人为敌的空间的完美工具。

然而，萨勒姆居民在一六九二年已经不像一六二〇年首次乘“五月花”号船来到美洲的英国清教徒那样对英国表示忠诚了。人们当中出现了巨大的分化，一场革命就在那时使皇家政府垮了台，并由一个政务会代替它行使职权。在他们眼里，这必定是个混乱时期，而对普通老百姓来说，这种情况就跟今天我们这个时代所遇到的情况一样，看来是复杂而难以解决的。许多人由此而多么轻易地相信这种混乱时期是一种神秘莫测的黑暗势力强加给他们的，这一点也是不难理解的。法庭的记录上并没有这种推测的线索，但是在任何时代，社会一有动乱就会滋长这种神秘的猜疑，而且在像萨勒姆镇那样从社会表层下面产生困惑的时候，依然期望人们还能久久压制住他们那种由于失意而蕴积的全部力量，而不把一些无辜的人坑害成牺牲品，那就是过分的奢想了。

下面就要开场的这出萨勒姆悲剧，是从一种似是而非的谬论发展起来的。我们今天依然生活在这种似是而非的谬论的钳制下，而且我们还没有希望能够找到解决的办法。原因很简单：萨勒姆居民为了良好的甚至是严正的意图而发展了一种神权政治，一种政教结合的力量，其作用就是要保持社会上的一致性，不让任何分裂现象出现，以免物质上或思想上的敌人有可能来破坏它。这是为了一个必要的目的而铸成的，也达到了那个目的。然而，一切体制组织都是而且必须是建立在排外和禁令的想法上的，正像两个物体不可能相容在同一个空间之内一样。这种时刻来到新英格兰，显然正值社会秩序对人们的约束过分严厉的时期，这种组织起来的秩序是为了对抗危险的威胁，而实际上那种威胁看来也并非十分严重。那种逐巫行动的势头开始转向更大的个人自由时，一种惶恐不安的反常现象就在各个阶层当中出现了。

一个人即使超脱个人邪恶的表现，也只能对他们全体人表示惋惜而已，正如我们早晚有一天也会受人怜惜一样。人至今还不可能毫无约束地组织他的社会生活，均势仍然不得不在秩序和自由两者之间摇摆不定。

但是，逐巫行动不仅是一种镇压行动，

而且显然给了每一个人一个期待已久的机会，得以借控告无辜的人为口实而竭力坦白自己的错误和罪恶。一个人突然有可能——神圣而爱国地——说玛莎·考莱夜间闯入他的卧室，趁他老婆在他身旁酣睡时扑倒在他的怀里，“几乎把他压得喘不过气来”。这当然只是她的精灵，但是他那种自我坦白的得意劲儿，即使那真是玛莎本人，也不过如此了。这类事通常人是不便当众谈出来的。

邻居之间的宿仇旧怨现在得以公开表露，相互不顾圣经仁慈的训令而采取报复手段。争夺土地的欲望往昔只表现在有关边界和契约的一般口角上，如今则上升到道德领域；一个人可以指控他的邻居是巫师，在干这种勾当时还觉得正当有理。旧账可以在魔鬼和上帝之间那一级天庭之争中算清；猜疑啦，不幸的人对幸福的人的妒忌啦，都能够在普遍报复的浪潮中爆发出来，而且确实爆发了。

[巴里斯牧师正在祷告，我们尽管听不清他的话语，仍然可以感到他有点惶恐不安。他嘟嘟囔囔，接着好像要哭出来似的；他真的哭了，随后又作起祷告；他的女儿却一动也不动地躺在床上。

[门启，他的黑人女仆蒂图芭走进来。她四十来岁，是巴里斯从巴巴多斯带来的；他在当牧师之前有几年曾经在那里经商。她进来时那副神情，就像是不让她看到她心爱的人儿真叫她没法再忍受似的，但是她也怵怵怛怛，因为她那种当奴隶的本性提醒她，不管这家出了什么事，最后总是归罪于她。

蒂图芭 （已经朝后退了一步）我的小贝蒂很快就会好吗？

巴里斯 出去！

蒂图芭 （回到门前）我的小贝蒂不至于死吧……

巴里斯 （愤怒而匆忙地站起来）滚出去！（她退出）滚——（他抽抽噎噎地呜咽，接着咬紧牙关，把门关上，筋疲力尽地靠在上面）噢，我的主啊！求主帮助我！（他恐惧得浑身哆嗦，一边抽泣，一边嘟嘟囔囔，走到床前，慢慢抬起贝蒂的一只手）贝蒂，孩子。乖孩子。醒醒，张开你的眼睛啊！贝蒂，贝蒂……

［他正弯腰想再跪下来，他那十七岁的侄女阿碧格·威廉斯进来了；她是个孤儿，一个非常漂亮的姑娘，很会装腔作势，花招不少。这当儿，她既忧虑又恐惧，而且很有礼貌。

阿碧格 叔叔？（他回身瞧她）苏珊娜·瓦尔考特刚从格里葛斯大夫家来了。

巴里斯 噢？叫她进来，叫她进来。

阿碧格 （探头向外喊苏珊娜，后者正在几级楼梯下面的厅堂里）上楼来，苏珊娜。

［苏珊娜·瓦尔考特，一个紧张不安的

姑娘，比阿碧格稍微年轻一点，走进来。

巴里斯 （着急地）孩子，大夫怎么说？

苏珊娜 （在巴里斯身旁探着脖子瞧一眼贝蒂）他叫我来告诉您，牧师先生，他在书本里找不到治这种病的药。

巴里斯 那他还得继续找。

苏珊娜 是，先生，他从您这儿走后就一直在查找，先生。可他叫我告诉您，您该注意一下出现这种事是不是有什么不正常的原因。

巴里斯 （张大两眼）不——不。这儿没有什么不正常的原因。告诉他，我已经去请贝弗利乡镇的赫尔牧师到这里来一趟，赫尔先生肯定会证实这一点的。叫他继续找药，别胡思乱想这儿有什么不正常的原因。根本就没有嘛。

苏珊娜 是，先生。是他叫我这样告诉您的。（她转身朝外走）

阿碧格 苏珊娜，这事你可别在村子里胡扯。

巴里斯 直接回家去，别瞎扯什么不正常的原因。

苏珊娜 是，先生。我求主保佑贝蒂。（她走出去）

阿碧格　叔叔，乡镇里到处都在谣传这里出现了巫术；我想您还是亲自下楼去否认一下好。厅堂里已经挤满了人，先生。我坐在这儿看着贝蒂。

巴里斯　（苦恼地转向她）我怎么跟他们说呢？说我发现自己的女儿侄女像异教徒那样在树林里跳舞吗？

阿碧格　叔叔，我们确实跳过舞；您可以跟他们说我承认这件事——如果必要的话，可以用鞭子处罚我。可他们却说什么玩弄巫术。贝蒂根本不是中了邪。

巴里斯　阿碧格，我知道你没有向我坦白，因此我没法去见全体教徒。你在树林里跟贝蒂到底干了些什么？

阿碧格　我们的确跳过舞，叔叔；后来您突然从矮树圈里跳出来，贝蒂吓了一跳就晕过去了。整个就是这么回事嘛。

巴里斯　孩子，你坐下。

阿碧格　（颤颤悠悠地坐下）我绝对不会伤害贝蒂的。我爱她极了。

巴里斯　听着，孩子，你这样做早晚会受处罚的。你要是真的在树林里跟精灵鬼怪打交道，我现在就得知道真实情况，因为我的敌人肯定会知道的，他们会拿这事把我毁掉的。

阿碧格　可我们压根儿也没念咒召唤精灵鬼怪啊。

巴里斯　那她为什么从午夜到现在一动也不动呢？这孩子凶多吉少喽！（阿碧格低下眼神）事情总会露馅儿的——我那些敌人会把它讲出来的。让我知道你们在那儿到底干了些什么。阿碧格，你知道我有不少敌人吗？

阿碧格　我听说过，叔叔。

巴里斯　有一派人发誓要把我轰下布道的讲坛。你明白吗？

阿碧格　我想是的，叔叔。

巴里斯　而如今就在这种闹分裂的局面当中，别人发现我自己的家恰恰是邪魔歪道的中心。在树林里干些亵渎神明的丑事——

阿碧格　那不过是闹着玩儿罢了，叔叔！

巴里斯　（指着贝蒂）你管那叫做闹着玩儿？（她垂下眼睛。他求她）阿碧格，你要是知道有什么法子可以帮助大夫，千万告诉我吧。（她沉默不语）我去找你们，看见蒂图芭在火堆上面晃动她的两只胳臂。她干吗要那样做呢？我还听见她扯着嗓门尖叫，说些莫名其妙的话。她就像个傻畜生那样在火堆上方扭动身子！

阿碧格　她一向爱唱她那些巴巴多斯民歌，我们也就跟着翩翩起舞。

巴里斯　我不能假装没瞧见，阿碧格，因为我的敌人不会对这种事睁一眼闭一眼的。我还看见草地上有一套衣裳。

阿碧格　（天真地）一套衣裳？

巴里斯　（颇难启齿）嗯，一套衣裳。我觉得我看见——一个人光着身子跑进树林里去了！

阿碧格　（惊惶地）没人光着身子！您看错了，叔叔！

巴里斯　（愤怒地）我没看错！（他从她身边走开，接着坚定地说）现在跟我说实话，阿碧格。我请你掂一掂你的真心实话的分量，因为现在我的牧师职位都快不保了，我的圣职呵，没准儿还有你表妹的性命也危险了。不管你们在树林里干了什么丑事，现在都痛痛快快讲给我听吧，我不明真相就不敢下楼去见他们。

阿碧格　没有什么别的了，我发誓，叔叔。

巴里斯　（仔细端详她，接着半信半疑地点点头）阿碧格，我在这个教区里苦干了三年才叫这些倔强的人信任我，而如今正当我在这个教区渐渐赢得乡亲们一点尊敬的时候，你却在损害我的名声。你父母去世以后，我收留了你，孩子，我给你吃穿住，你还要怎么样——现在老老实实回答我。你在乡镇里的名声——是不是完全清白？

阿碧格　(略感不满)怎么，当然清白啦，先生。我没做过什么有失体统的事。

巴里斯　(中肯地)阿碧格，普洛克托大嫂把你辞退，除了你跟我讲的理由之外，是不是还有什么别的原因？我听人说，我干脆跟你实说吧，她今年很少进教堂，就是因为她不愿意跟一个脏玩意儿坐得很近。那句话是什么意思？

阿碧格　她恨我，叔叔，她当然恨我了，因为我不愿意做她的奴隶。她是个心眼儿狠毒的婆娘，爱撒谎，冷冰冰的，一天到晚装出一副哭哭啼啼的样儿，我不愿意给这种娘们儿干活！

巴里斯　她没准儿是那样。可是叫我不安的是，你从他们家里出来已经七个月了，这段时间怎么居然没有别的人家雇用你呢。

阿碧格　他们要的是奴隶，不要我这号人。让他们到巴巴多斯去找好了。我才不愿意为他们哪一位把自己的脸抹黑呐！（内心隐藏着对他的怨恨）您是不是嫌我住在这儿讨厌啦，叔叔？

巴里斯　不是——不是。

阿碧格　（发火）我在村子里名声挺好！我不许别人说我名声臭！普洛克托大嫂是个净说瞎话的碎嘴子女人！

［安·普特南太太上。她四十五岁，是个梦魇缠身、受死亡折磨、性格怪僻的女人。

巴里斯　（门刚一开）不——不，我谁也不见。（一看见是她，略表敬意，尽管还有忧虑）哦，原来是普特南大嫂，请进。

普特南太太　（兴致勃勃，两眼闪亮）真是件怪事啊。肯定是恶魔给了您一家伙。

巴里斯　不是，普特南大嫂，这是——

普特南太太　（朝贝蒂瞥一眼）她飞了多高，多高啊？

巴里斯　没有，哪儿的事，她从来没飞过——

普特南太太　（对这事特感兴趣）怎么，她当然飞过啦。

考林斯先生看见她打英格索尔家的谷仓上面飞过去，他说她就像鸟儿一样轻轻落地！

巴里斯　普特南大嫂，听我说，她从来也——（托马斯·普特南先生上，他是个苛刻的富裕地主，约摸五十岁）哦，早安，普特南先生。

普特南　如今出了这种事，完全是天意呵！天意。（他径直朝床前走去）

巴里斯　出了什么事，先生，什么——？

［普特南太太朝床前走去。

普特南　（低头瞧瞧贝蒂）邪门儿，她的眼睛闭着呐！你瞧，安。

普特南太太　可不是吗，这可真怪啊。（对巴里斯）我们家那个孩子可张着大眼。

巴里斯　（惊吓地）您的姑娘萝丝也病了？

普特南太太　（恶意地断定）我可不管那叫做病；魔鬼一插手，可比病要厉害得多。那是快玩完了，您知道，死神用叉子叉，用蹄子踢，要她们的命咧。

巴里斯　噢，请不要这样说！萝丝怎么不舒服啦？

普特南太太　她想必不舒服呗——今天早上她就没醒过

来，可是张着大眼，直愣愣地走路；她既听不见也看不见，还不能吃东西。她的魂灵准是让魔鬼勾走了。

［巴里斯惊恐万分。

普特南　（仿佛探听详情似的）听人说您派人去请贝弗利乡镇的赫尔牧师啦？

巴里斯　（这当儿信心减退了）预防预防罢了。他对各式各样的邪魔歪道比较了解，经验丰富，我——

普特南太太　确实，去年他就在贝弗利发现了一个巫婆，您想必记得。

巴里斯　安大嫂，他们只认为那可能是个巫婆罢了，我相信咱们这儿没有牵扯到巫术。

普特南　没有巫术！请您注意，巴里斯先生——

巴里斯　托马斯，托马斯，我请您不要忙于下结论，随随便便就把这说成是巫术。我知道您——托马斯，您最不希望给我安上这样一个灾难性的罪名。咱们不能匆匆忙忙就断定那是巫术在作怪。我家里出现这种乌七八糟的事，乡亲们会把我轰出萨勒姆的。

这里介绍一下托马斯·普特南。他是

个怨气冲天的人，至少有一件使他非常不满的事，看来是很有道理的。那就是不久以前，他的连襟杰姆斯·贝莱没有被推选为萨勒姆的牧师。贝莱本来很够资格，三分之二的票数推选他，可是有一派人坚决反对接受他，原因不详。

托马斯·普特南是这个乡镇一位最阔的人的长子。他曾经在纳拉甘西特同印第安人交过战，对教会事务也挺热心。全村老百姓竟然那么显眼地不推选他为全村一个比较重要的职位的候选人，尤其是因为他觉得自己在知识水平上比他周围的大多数人都要高，这无疑使他觉得老乡们太亏待他了。

他那种伺机报复的性格早在这次逐巫案件开始之前就已经显露。另一位前任牧师乔治·布劳斯，为了付妻子的丧葬费，不得不借一笔债，后来由于这个教区对他的薪水疏忽大意，他很快就破产了。托马斯和他的弟弟约翰就以欠债为理由使布劳斯蹲了监狱，而实际上后者并没有欠他们指控的那笔债。这个事件的重要之处在于布劳斯后来又再度当选为牧师，而托马斯·普特南的连襟贝莱却被人否决了；怨恨的动机昭然若揭。托马斯·普特南觉得自己的名望和他的家族的荣誉让全村老百姓玷污了，于是他想方设法要把这种局面扭转过来。

另有一个原因叫人相信他是个刻毒的人，就是他试图不遵照他爹那份遗嘱的规定分一笔相当多的遗产给他的异母兄弟。但是，他在这桩事情上，就跟他在其他每一件公共事务上试图推行自己的一套办法那样，也未得逞。

因此，人们毫不奇怪地发现许多控告别人的状子都出自托马斯·普特南的手笔啦，他的名字时常签在那种证实神怪事物出现的作证书上啦，他的女儿总在审讯过程中的紧要关头带头呐喊指控啦，尤其是在——到时候咱们就会谈到。

普特南 （这当儿，他故意要打击一下巴里斯，因为他藐视他，要把他推向无底深渊）巴里斯先生，过去这里出现一些争论，我总站在您这一边，我还会继续那样做，可是您要是在这件事情上畏畏缩缩，我可就不能奉陪了。这里面肯定有一些报仇雪恨的害人精灵在对这些孩子下毒手。

巴里斯 可是，托马斯，您不能——

普特南 安！把你的事向巴里斯先生说一说。

普特南太太 巴里斯牧师，我先后生了七个娃娃都没能受洗礼。说真的，先生，您没瞧见他们个个一生下来别提多结实啦。可是个个都在出生的当天晚上萎缩在我的怀里死掉了。我啥也没说，可心里暗自嘀咕这到底是怎么回事啊。而如今呐，就在今年，我唯一活下来的孩子——萝丝——我发现她变得古里古怪。她今年变成一个鬼鬼祟祟的孩子，就好像有一张嘴也正在把她的生命吮吸干了似的，叫她越来越萎缩。所以，我想让她来找您的蒂图芭——

巴里斯　来找蒂图芭！蒂图芭能会什么——？

普特南太太　蒂图芭知道怎样跟死人交谈，巴里斯先生。

巴里斯　安大嫂，念咒招魂可是一桩极大的罪恶！

普特南太太　我敢发誓，还有谁能肯定地告诉我们是谁谋害了我那几个孩子呢？

巴里斯　（惊吓地）妇道人家呵！

普特南太太　他们全是给害死的，巴里斯先生！请您注意我有证据！注意！昨天夜里，我的萝丝跟她们的小精灵挺亲近。他们干了些什么，我全知道，先生。眼下除非是某种黑暗邪恶势力封住了她的嘴，还有什么会使她变成哑巴呢？这难道不是个奇怪的征兆，巴里斯先生！

普特南　您明白吗，先生？咱们当中准是暗藏着一个谋害人的巫婆。（巴里斯回头瞧着贝蒂，心惊胆战）让您的敌人爱怎么利用这件事就怎么利用吧，您自己可不能再闭眼不管啦。

巴里斯　（对阿碧格）这么一说，你们昨天晚上真的念咒招魂了。

阿碧格　（低声地）不是我，先生——是蒂图芭和萝丝。

巴里斯　（这当儿又惊恐地转身朝贝蒂走去，低头瞧瞧她，然后移开视线）唉，阿碧格，我真是好心没好报呵！我现在整个儿完蛋了。

普特南　您没有完蛋！您应该自个儿抓住时机。别等别人来指控您——自个儿就先把这事宣布出去。您发现巫术在作怪——

巴里斯　在我自己家里吗？在我自己家里吗，托马斯？他们会因为这事把我打翻在地的！他们会把这事说成——

［普特南家的女仆梅喜·刘易斯，一个冷酷无情而狡猾的十八岁胖姑娘，走进来。

梅　喜　对不起。我只想来看看贝蒂好一点没有。

普特南　你干吗不待在家里？谁在陪着萝丝？

梅　喜　她奶奶来了。我觉得她好一点啦——打了个挺响的喷嚏咧。

普特南太太　啊，这可是个好征兆！

梅　喜　我不再害怕了，普特南大娘。那真是个好喷嚏，我敢保证，再照那样打一个就会叫她清醒过来啦。（她走到床前去瞧瞧）

巴里斯　托马斯，别再打搅我了，好不好？我想单独做会儿祷告。

阿碧格　叔叔，您打半夜起就一直在祷告。您干吗不下楼去——

巴里斯　不——不。（对普特南）我现在对乡亲们没什么可交代的。等赫尔先生来到之后再说。（让普特南太太离开）请吧，安大嫂……

普特南　请您注意，先生。您该狠狠打击魔鬼，全村老百姓都会为这事求主赐福给您的！下楼去吧，跟大伙儿说说——跟他们一块儿祈祷。大伙儿都渴望听到您的话，先生！您当然愿意跟他们一块儿祈祷啦。

巴里斯　（有所动摇）领他们唱首圣歌倒还可以，不过先别提什么巫术。这事我不想谈论。事情还没完全闹清楚。我自从来到这儿，已经有够多的争论，可不想再添别的了。

普特南太太　梅喜，回家去看着萝丝，听见没有？

梅　喜　是，太太。

［普特南太太下。

巴里斯　（对阿碧格）她要是再朝窗户冲过去，马上叫我。

阿碧格　我会叫您，叔叔。

巴里斯　（对普特南）她的两只胳膊今天力气可大得不得了。

［他和普特南下。

阿碧格　（惊惶缓和了点）萝丝怎么病了？

梅　喜　稀奇古怪，我也闹不清怎么回事——打昨天夜里她就像个死人似的走来走去。

阿碧格　（蓦地转身，向贝蒂走去；这当儿带着忧虑的声调喊道）贝蒂？（贝蒂没有动静。她摇晃她）快醒醒，贝蒂！别再装模作样啦！贝蒂！快醒醒！

［贝蒂还是没有动静。梅喜也走过去。

梅　喜　你有没有试过揍她两下子？我狠狠地给了萝丝一下子，叫她清醒过来一阵子。来，让我也给她一记耳光。

阿碧格　（拦住梅喜）别这样，牧师会上来的。现在听着：如果他们审问咱们，就说咱们跳过舞——这我已经向牧师交待了。

梅　喜　嗯，还说什么？

阿碧格　他知道蒂图芭念咒把萝丝几个死去的姐妹从坟

墓里召唤出来。

梅　喜　还有什么？

阿碧格　他看见你光着身子。

梅　喜　（吃一惊，勉强一笑，合拢双手）哎哟，老天爷！

［玛丽·沃伦气喘吁吁地跑进来。她是个孤独、幼稚、低声下气的十七岁姑娘。

玛丽·沃伦　咱们怎么办？全村的老乡都出来了。我刚从农场来，人人都在七嘴八舌地谈论巫术！他们会把咱们叫做女巫的，阿碧！

梅　喜　（边指边瞧着玛丽·沃伦）她打算说出去，我知道。

玛丽·沃伦　阿碧，咱们早晚得说出去。巫术可是一项受绞刑的罪过，就像两年前他们在波士顿把人绞死那样呵！咱们得说实话，阿碧！跳舞至多挨一顿鞭子罢了，别的事可就大不一样喽！

阿碧格　嗯，咱们会挨一顿鞭子的！

玛丽·沃伦　我可啥也没干，阿碧。我只在一边瞧瞧！

梅　喜　（朝玛丽威胁地走去）哼，你是个了不起的旁观者，玛丽·沃伦，呃？你竟敢在一旁偷看，胆子可真不小哇！

［贝蒂在床上呜咽。阿碧格立刻转向她。

阿碧格　贝蒂？（朝她走去）我说贝蒂，亲爱的，醒醒吧。我是阿碧格。（她把贝蒂扶起来，使劲摇晃她）我可要揍你啦，贝蒂！（贝蒂呜咽）哎呀，你好像好多啦。我已经向你爸爸交待，全都跟他说了。所以用不着——

贝　蒂　（十分惧怕阿碧格，站起来，从床前倏地窜出去，把身子贴在墙上）我要妈妈！

阿碧格　（大吃一惊，小心翼翼地挨近贝蒂）你哪儿不舒服，贝蒂？你妈死了，早就给埋了。

贝　蒂　我要飞到妈妈那儿去。让我飞，飞，飞！（她抬起胳膊好像要飞似的，向窗口飞奔过去，把一只腿伸出窗外）

阿碧格　（拽她离开窗口）我都跟他说了；他现在知道了，咱们干的事他全都知道了——

贝　蒂　你喝血，阿碧！这你没告诉他！

阿碧格　贝蒂，不许你再提这事！不许你——

贝　蒂　你喝了，你就是喝了！你一边喝血，一边咒约翰·普洛克托的老婆快死！你喝血咒普洛克托大娘快死！

阿碧格　（给她一记耳光）住嘴！你给我住嘴！

贝　蒂　（瘫倒在床上）妈妈，妈妈！（她抽抽噎噎地哭起来）

阿碧格　你们都听着。咱们跳过舞。蒂图芭念咒召唤过萝丝·普特南死去的姐妹的鬼魂。就这些。注意，别的事你们俩谁要是泄露一句，或者含混地提到，我就会在哪天吓人的黑夜里来找你们好好算账，厉害得叫你们浑身打哆嗦。你们知道我说得出做得到；我见过印第安人在我枕头旁边砸碎了我亲爱的爹娘的脑袋，我见过黑夜里所干的血淋淋的勾当，我能叫你们一见太阳落山就胆战心惊！（她朝贝蒂走去，粗暴地把她拽起来）现在你——给我坐起来，不许再哭！

［但是贝蒂用手捂着脸瘫倒下去，失去知觉地躺在床上。

玛丽·沃伦　（带着歇斯底里的惊吓神情）她这是怎么啦？（阿碧格也惊惶地瞧着贝蒂）阿碧，她别是要死了！念咒招魂可是一桩大罪过，咱们——

阿碧格 （朝玛丽走去）住嘴，玛丽·沃伦！

［约翰·普洛克托上。玛丽·沃伦一看见他就吓得蹦起来。

普洛克托是个三十五岁上下的庄稼人。他不是这个乡镇哪一派的成员，不过有迹象表明他对待虚伪的人自有一套尖利嘲讽的办法。他是那种身强力壮、心平气和、不随波逐流的人，拒绝支持那些派性很强的人，由此没法不招来他们的痛恨。一个笨蛋在普洛克托面前顿时会感到自己蠢不可及——因此，普洛克托这样的人一向遭受别人的诽谤。

然而，正如我们即将看到的那样，他所表现的那种坚定态度也并非出自一个未受扰乱的心灵。他是个罪人，一个不仅违反当时的道德风尚，而且违背自己想象中的体面行为的罪人。这种人没有什么洗涤自己罪恶的宗教仪式。这是我们从他们那里继承下来的另一种特性，既有助于惩戒我们，也促使我们当中滋长虚伪。普洛克托在萨勒姆受人尊敬，甚至叫人畏惧，结果连他本人也把自己看成是一个骗子。但是表面上这一点还没有显露什么痕迹；他从楼下挤满人群的厅堂里走上来时，我们看到他是个壮年人，沉稳而富有信心，隐藏着一股尚未发挥出来的力量。他的女仆玛丽·沃伦只能为自己的困窘和恐惧辩解几句。

玛丽·沃伦　噢！我正要回家去，普洛克托先生。

普洛克托　玛丽·沃伦，你又犯傻了？我跟你说过多少回，不许你随便离开家，你为什么不听？我出钱雇你，还得经常到处找你，比找我的牛还费劲儿。

玛丽·沃伦　我只是来看看人世间出现的这桩大事。

普洛克托　大事，哪天我叫你的屁股尝尝什么是大事。回家去；我老婆等你回去干活呐！（她想法保留一点庄严的样儿，便慢条斯理地走出去）

梅　喜　（又怕他，又好像让人古怪地搔到了痒处似的)我也该走了。我还得回去看护我的萝丝。再见，普洛克托先生。

[梅喜鬼鬼祟祟地退下。自从普洛克托进来之后，阿碧格就好像在踮起脚尖站着，张着大眼注视他。他瞥了她一眼就朝贝蒂床前走去。

阿碧格　嘿！我几乎都忘了你有多么强壮啦，约翰·普洛克托！

普洛克托　(瞧着阿碧格，露出一丝会意的微笑)这儿在闹什么鬼把戏？

阿碧格　(神经质地一笑)没什么，只是她变得有点傻里傻气罢了。

普洛克托　一大早就有人路过我家门口那条道到萨勒姆镇来，就像朝圣队伍似的川流不息。老百姓都在嘀咕什么巫术。

阿碧格　呸，甭听他们胡说八道！(她面带亲昵而邪恶的神情，迷人地朝他走近一点)我们昨天晚上正在树林里跳舞玩，我叔叔突然朝我们这边窜过来。贝蒂受了惊吓，就是这么回事。

普洛克托　(展现微笑)呃，你还是那样调皮捣蛋啊！

（她情不自禁地发出一阵表达期望的颤笑，大着胆子朝前靠过去，脉脉含情地注视着他的眼睛）我看你啊，不到二十岁就会给带上脚镣，关进监牢。

［他朝前走一步打算躲开，她拦住他的去路。

阿碧格　跟我说句话，约翰。说句温柔的话儿嘛。（她那种强烈的欲望使他收敛了笑容）

普洛克托　别这样，阿碧。事情早已了结。

阿碧格　（嘲笑地）你打五里路以外赶到这儿来，难道只是为了看一眼那个蠢丫头吗？我可太了解你啦。

普洛克托　（坚定地把她推开）我是来看看你叔叔在搞什么鬼名堂。（坚决强调地）别再胡思乱想，阿碧。

阿碧格　（抓住他的手，不让他摆脱她）约翰——我每天夜里都在等你。

普洛克托　阿碧，我从来也没给你留下希望叫你等我。

阿碧格　（生起气来——她不信这话）我觉得我不能只停留在希望上呵！

普洛克托　阿碧，别胡思乱想啦。我不会再来找你。

阿碧格　你当真在跟我开玩笑。

普洛克托　你太了解我了。

阿碧格　我知道每次我在你那所房子后面走近你，你就怎样抓住我的后背，像一匹种马那样汗水淋淋！难道是我想那样吗？把我轰走的是你的老婆，你设法装成是你干的。她把我轰走时，我看见了你脸上的表情，你当时爱我，现在也一样爱我！

普洛克托　阿碧，你说这话可太撒野了——

阿碧格　野丫头就说野话呗。可我觉得并不太野。自打她轰走我之后，我看见过你；好几个晚上我都看见你了。

普洛克托　这七个月以来，我简直就没走出过我的农场一步。

阿碧格　我能感觉到热情，约翰；你那股热情把我拽到了窗口，我看见你抬头张望，孤孤单单的，满腔欲火。你敢说你没抬头瞧我的窗户吗？

普洛克托　也许瞧过。

阿碧格　（这当儿声调变得柔和）你应该瞧。你不是个冷血汉子。我了解你，约翰。我了解你。（她哭了）我没法睡着光做美梦啊；我睡不着，老是醒着，在房间里遛来遛去，好像会发现你正打哪扇门进来

似的。（她狠命抓紧他）

普洛克托　（尽管挺怜悯她，还是执意把她轻轻推开）这丫头——

阿碧格　（一阵愤怒）你怎么管我叫丫头！

普洛克托　阿碧，我也许有时会温柔地想到你。可我宁愿剁掉我的手也不会再去挨近你了。别再想入非非。咱俩压根儿就没接近过，阿碧。

阿碧格　不，咱俩接近过。

普洛克托　没有，没接近过。

阿碧格　（挺生气地）唉，我真不懂这样一条硬汉子怎么会让那样一个病病歪歪的老婆管得——

普洛克托　（被激怒了——也生自己的气）不许你胡说伊丽莎白的坏话！

阿碧格　她在村子里诽谤我！造谣中伤我！她是个冷冰冰、假装哭哭啼啼的女人，可你听任她摆布！让她把你变成一个——

普洛克托　（摇晃她）你找鞭子抽吗？

［从楼下传来人们唱赞美诗的圣歌声。

阿碧格　（落泪）我一直在等待着过去从梦中把我唤醒、叫我心中开了窍的约翰·普洛克托！我以往从来不知道萨勒姆是那样的虚伪，从来不知道那些信仰基督教的女人和她们海誓山盟的丈夫教导我的一切全是一派谎言！而现在你却叫我除掉我眼睛里的这种光芒？我才不会呢，我办不到！你爱我，约翰·普洛克托，不管那是什么罪恶，你还是爱我！（他骤然转身走开。她朝他冲过去）约翰，可怜我，可怜可怜我吧！

［传来那句“升向耶稣”的圣歌词句，贝蒂突然用手捂住耳朵，大声哭泣。

阿碧格 贝蒂？（她奔向贝蒂，后者这时正坐起来喊叫。阿碧格一边想把贝蒂的手拉下来，一边喊道：“贝蒂！”普洛克托也走过去）

普洛克托 （越来越气馁）她在干什么呐？姑娘，你哪儿不舒服？别这样鬼哭狼嚎的！

［这当儿，歌声戛止，巴里斯冲进来。

巴里斯 怎么啦？你们对她干了什么？贝蒂！（他朝床前冲过去，嘴里喊道：“贝蒂！贝蒂！”普特南太太上，充满好奇心；托马斯·普特南和梅喜·刘易斯也跟着进来。巴里斯在床前用手轻

轻拍打贝蒂的脸蛋儿，她还在呜咽，而且想站起来）

阿碧格　她听见你们唱歌就突然坐起来大喊大叫。

普特南太太　那是圣歌！圣歌！她一听见上帝的名字就受不了啦！

巴里斯　不会的，绝没有那回事！梅喜，快去请大夫来！告诉他这儿出了什么事！（梅喜匆匆奔出去）

普特南太太　注意这可是个征兆！注意！

［七十二岁的吕蓓卡·诺斯上。她白发苍苍，拄着拐棍。

普特南　（用手指着呜咽的贝蒂）那是人所共知的巫术作怪的一个坏征兆，诺斯大娘，一种异常现象！

普特南太太　我娘就跟我那样说过！他们一听见上帝的名字就受不了——

巴里斯　（浑身哆嗦）吕蓓卡，吕蓓卡，您过去看看她，我们真不知怎么办才好了。她突然之间没法忍受听见上帝的——

［八十三岁的詹理斯·考莱上。他长着疙里疙瘩的肌肉，机警，好究根问底，依然蛮有力气。

吕蓓卡　这儿的病人病得挺厉害，詹理斯·考莱，请你安静点。

詹理斯　我大气儿还没出一声呐。有谁能证明我说了一句话啦。她还飞吗？我听说她能飞。

普特南　老家伙，别说话！

［一片寂静。吕蓓卡朝床前走去。她显得温柔和蔼。贝蒂平静地啜泣，眼睛闭上了。吕蓓卡只在那个孩子身边站着，后者便慢慢消停下来了。

趁他们都在专心观望的时候，我们来说一说吕蓓卡。吕蓓卡是法兰西斯·诺斯的老伴；据说每逢人们闹起纠纷，法兰西斯总是双方都不得不尊重的一个人。人们常请他公断是非，仿佛他是个非官方的法官；吕蓓卡也分享了多数人对她丈夫那种高度的评价。就在这阵迷惘的时期，他们老两口有三百英亩土地，儿女们分住在这块产业的另外几处住宅里。但是，这块地法兰西斯原本是租来的，后来他慢慢付钱买了下来，这就提高了他的社会地位，因此必然就有一些人对他的飞黄腾达感到不快。

另外也可以解释这场有计划地反对吕蓓卡乃至(根据推理)也反对法兰西斯的活动，起因于他同邻居之间的土地之争，其中一位邻居就是普特南家族的一位成员。这场争执逐渐发展到双方家族在树林里展开武斗的程度，据说延续了两天之久。至于吕蓓卡本人，人们对她的品格普遍给予很高的评价，所以要解释怎么居然会有人指控她是巫婆——而且怎么会有些成年人竟然对她下毒手——这就要求我们弄明白当时的田野和分界的情况了。

我们已经知道托马斯·普特南要推选他的内亲贝莱作萨勒姆的牧师。诺斯一族人是属于反对贝莱出任的那一派。另有一些家族由于血统和友情的关系而同诺斯家族联合在一起了，他们的农场也同诺斯的农场毗邻或者相连，因此他们就一齐摆脱了萨勒姆乡镇当局的管辖而自立了一个独立的乡镇，取名为托普斯菲尔德；这个实体的存在招来了萨勒姆老居民的怨恨。

这场大哄大闹背后的指使人就是普特南家族，这一点表现在这场攻击一开始，托普斯菲尔德—诺斯一派人便不再进入教堂，以表示抗议和不信任。首先在指控书上签字的就是爱德华和乔纳森·普特南；托马斯·普特南的小女儿又是在听审会上当场痉挛昏倒的人，并指控吕蓓卡是叫她发病的人。更有甚者，普特南太太——她现在正瞪视着那个躺在床上中了邪的孩子——就要控告吕蓓卡撒出精灵鬼怪“在诱使孩子干些邪恶的勾当”，其实这一指控所包含的真理大大超过普特南太太所能理解的范围。

普特南太太　（惊讶地）你干了啥？

［吕蓓卡这当儿默默沉思地离开床边，坐下。

巴里斯　（叹服而宽慰地）您用了什么法子啊，吕蓓卡？

普特南　（殷切地）诺斯大娘，您能不能去看看我的萝丝，也把她叫醒？

吕蓓卡　（坐着）我想她到时候就会醒过来的。你自个儿默默祈祷就行了。我有十一个儿女，二十六个孙儿孙女；我见过他们个个都犯过这种蠢毛病；那种时刻一来到，他们就弯腿使劲奔跑，调皮捣蛋起来不落后。我认为等她闹腾够了，她就会醒过来的。一个孩子的魂灵就像个孩子，你不能靠追它把它抓住，而应该是安静地站着等待；无论如何，魂灵自己会回来的。

普洛克托　对，这话说得有道理，吕蓓卡。

普特南太太　这可不是什么蠢毛病，吕蓓卡。我的萝丝中了邪，吕蓓卡；她不能吃东西。

吕蓓卡　没准儿她还不饿呐。（对巴里斯）巴里斯先生，外面传说您答应要去搜寻出窍的魂灵，我希望您不要这样做！

巴里斯　教徒们普遍认为咱们当中可能出现了魔鬼，我想说服他们这种想法不对头。

普洛克托　那您为什么不下去向他们解释一下呢！您去

请那位牧师来搜寻魔鬼，事先跟教区委员们商量过没有？

巴里斯　他不是来搜寻魔鬼的！

普洛克托　那他来干什么？

普特南　乡镇里有些孩子快死啦，先生！

普洛克托　我可没见到哪个快死啦。这个社会用不着你瞎操心，普特南先生。（对巴里斯）您请他来之前，开过会了吗？

普特南　我最讨厌开会；难道不开会就不许人掉头转向了吗？

普洛克托　他当然可以掉头转向，可不是转向魔鬼那一边！

吕蓓卡　约翰，别吵啦。（稍停。他遵从了她）巴里斯先生，我认为您最好等赫尔牧师一来就马上请他回去。因为那又会引得大家七嘴八舌地争论，今年大家都想过个平安日子。我觉得咱们现在应该依靠大夫，依靠虔诚的祷告。

普特南太太　吕蓓卡，大夫已经束手无策！

吕蓓卡　大夫要是束手无策，那咱们就去上帝那儿寻找原因。去搜寻出窍的魂灵可太危险啦。我有点害怕，我有点害怕。咱们宁肯怪自个儿，而——

普特南　咱们怎能怪自己呢？我爹生了九个儿子，我是当中一个——普特南家族的子孙遍布全州。可是我自己生了八个孩子，只活了一个——眼下连这个姑娘也快保不住了！

吕蓓卡　我闹不清那是怎么回事。

普特南太太　（越来越带讽刺的口气）可我得闹清楚！你认为那是上帝的意志，叫您一个孩子也不会丢，一个孙儿孙女也不会夭折，可叫我只剩下一个，别的孩子都该给埋了吗？这个村子真是轮中套轮，火中套火①，事情复杂得很咧！

普特南　（对巴里斯）等赫尔牧师来了，您还是应该寻找这儿出现巫术作怪的种种迹象。

普洛克托　（对普特南）你没权对巴里斯先生下命令。我们这个社会是靠记名而不是靠土地多寡来投票选举的。

普特南　我压根儿也没听说过你对这个社会如此关切，普洛克托先生。自从入冬以来，我好像就没看见你参加过安息日集会。

---

① 见《圣经·以西结书》第一章第十六节，意指情况复杂。

普洛克托　我没有走五里路专程来听他光讲地狱之火和该死的诅咒，就已经够烦的了。请您注意，巴里斯先生，现在有好多人也不进教堂做礼拜了，那是因为您几乎不再提到上帝的名字。难道不是这样吗，巴里斯先生？

巴里斯　（*激动地*）好家伙，这可是个严厉的指控！

吕蓓卡　这话说得有点道理，确实有好多家长发怵，不敢带孩子上——

巴里斯　我不是在给孩子宣讲布道，吕蓓卡。对这个教会应尽义务而却采取漫不经心态度的人不是孩子。

吕蓓卡　当真有漫不经心的人吗？

巴里斯　我应该说萨勒姆有一大半的人——

普特南　比这还要多！

巴里斯　我的柴火在哪儿呐？合同上明明规定提供柴火给我烧。从十一月起我就在等人送来柴火棍儿，甚至在十一月里我还得像伦敦的叫花子那样露出一双冻皲了的手。

詹理斯　大伙儿容许您一年花六镑买柴火啊，巴里斯先生。

巴里斯　我把那六镑钱看作我的薪水的一部分。我不花六镑钱买柴火，全部收入就已经够可怜的了。

普洛克托　六十镑，外加柴火费六镑——

巴里斯　薪水总共才六十六镑，普洛克托先生！我可不是胳肢窝底下夹一本圣经到处去讲道的老乡；我是一名哈佛学院的毕业生。

詹理斯　当然，算术也学得挺精！

巴里斯　考莱先生，像我这样的牧师，六十镑一年，你们到哪儿去找呵！这种穷日子我过不惯；我撇下自己在巴巴多斯的买卖不做，跑到这里来为上帝服务。我闹不清为什么我在这里受尽迫害。我只要提出一个建议就会遭到吵吵闹闹的争论。我常常纳闷儿是不是这里面有魔鬼在捣乱；我对你们这帮人也实在摸不透。

普洛克托　巴里斯先生，您可是头一位提出要这所房子的房契的牧师——

巴里斯　哎呀！难道一个牧师不配有一所房子住吗？

普洛克托　住当然可以。可是要求房产权就跟要求教友聚会堂归您所有一样不合适；上次我参加那个会，您就大谈特谈什么立契转让啦，抵押啦，我还当是一场大拍卖呐。

巴里斯　我要求有个可靠的保证，如此而已！我是你们七年里挑选的第三位牧师。我不希望你们有那么一帮人一时兴起就把我像只猫儿似的轰走。你们这里的人好像不理解教区里的牧师是上帝派来的人；不应该那样随随便便地盘问和反驳一位牧师——

普特南　说得对！

巴里斯　要么服从，要么教堂就会像地狱那样燃起熊熊烈火！

普洛克托　您能不能有一分钟不提让我们下地狱？我讨厌地狱！

巴里斯　什么该听，什么不该听，不是由你来决定！

普洛克托　可我认为可以说出自己心里的话！

巴里斯　（恼怒）什么，我们是教友派教徒[①]吗？我们这里的人还不是呐，普洛克托先生。你可以把这话讲给你那些追随的人听！

普洛克托　追随我的人！

巴里斯　（直言不讳地）这个教区有派系之争。我不是瞎子；这里面有个派系。

普洛克托　反对你吗？

① Quakers，态度平和，服装朴素，言语单纯，集会时倾向于沉默。

普特南　反对他，也反对当局！

普洛克托　真格的，那我倒要去找一找，也想参加。

［其他人都愕然。

吕蓓卡　他没有那个意思。

普特南　他现在可坦白啦。

普洛克托　吕蓓卡，我说的实实在在就是这个意思；我讨厌这里的“当局”那股臭味儿。

吕蓓卡　不，你不是那种人，你不能反对你的牧师，约翰。跟他握手，言归于好吧。

普洛克托　我还要到地里去播种，往家拉木材呐。（他气愤地朝门口走去，又回头朝考莱微微一笑）怎么样，詹理斯，咱俩去找那个派系，好不好？他说这儿有个派系咧。

詹理斯　约翰，我对这个家伙也改变了看法。巴里斯先生，对不起。我发现您居然还挺倔强哩。

巴里斯　（惊讶地）怎么，谢谢你的恭维，詹理斯！

詹理斯　这可叫人想起咱们这些年出现了什么麻烦事。（对大伙儿说）想一想。为什么人与人之间总在相互指控呢？想一想，这简直是个无底深渊，跟陷阱一样黑暗。就拿今年来说吧，我已经进法庭，过了六回堂啦——

普洛克托　（热情而亲切地，尽管明白自己也像詹理斯那样没法再容忍这种事）詹理斯，别人连一句早安都没法跟你说，因为一说，你立刻就认为他在诽谤你，这难道是魔鬼的过错吗？你年纪大了，詹理斯，听力也不济啦。

詹理斯　（不买账）约翰·普洛克托，你上个月在大庭广众面前说我烧了你的屋顶，我叫你赔我四镑的人格损害费，另外我——

普洛克托　（笑）我压根儿也没那样说过，可钱还是照付了，所以我希望我这次能免费地管你叫做聋子。走吧，詹理斯，帮我把木材拉回家去。

普特南　等一等，普洛克托先生。容我问一句，你去拉什么木材？

普洛克托　我自个儿的木材呗。从河边我那片树林里拉出来。

普特南　哎呀，今年我们可真碰上乱世的年头喽。这种混乱的局面是怎么搞的？那个地段明明在我的领地里，在我的领地里，普洛克托先生。

普洛克托　在你的领地里！（指着吕蓓卡）那个地段是

我在五个月之前从诺斯大娘的老伴手里买过来的。

普特南　他没有权利卖它。我祖父的遗嘱里明明写着所有那几块在那条河和——

普洛克托　恕我直说，你爷爷习惯把那些从来不属于他的土地立在他的遗嘱里。

詹理斯　千真万确，他差点儿把我北边那块草地也立在他的遗嘱里，可他知道他胆敢把它立在他的名下，我就会剁掉他的手指头。约翰，走，拉你的木材去。我忽然挺想干干活儿，走吧。

普特南　你敢往你家里拉一根我的栎木，我叫你吃不了兜着走！

詹理斯　真的，那我们——这个傻瓜跟我——也会打赢的。走吧！（他转向普洛克托，然后朝外走）

普特南　我会叫我的人狠狠地给你点颜色看，考莱！我要到法庭去告你！

［贝弗利乡镇的约翰·赫尔牧师上。

赫尔先生是个年近四十岁的知识分子，皮肤紧绷，眼光敏锐。请他到这里来判断巫术，是他心爱的一桩差事，作为一名这方面的专家，他感到骄傲，他的专长终于受到公众的重视和需要。他同几乎所有的学者一样，花费很多时间思考灵界，尤其是他自己前不久在他的教区里遇见过一个女巫之后便更加在这方面下功夫了。其实那个女人在他搜寻调查下不过是个烂污货罢了，那个据说受她折磨的女孩在赫尔家里休息几天，经他仁慈关怀之后也就恢复了常态。然而，那次经验并没有使他对于地狱的实在或者魔王狡猾的部下的存在产生过丝毫的怀疑。这种信仰也不是他的耻辱。许多比赫尔更聪明的人——如今依然如此——都确信有一个冥界存在于我们的知识范围之外。我们不禁注意到赫尔的一句台词还从来没有引起任何一位看这出戏的观众发笑，那就是他确信“我们不能把这看成迷信。撒旦魔王确确实实存在”。显然至今我们还拿不准巫术是不是神圣的，是否不应加以嘲笑。因此，我们竟会那样茫然，也绝非偶然。

我们同舞台上那位赫尔牧师和其他角色一样，想象一种体面的宇宙观之中撒旦魔王是必不可少的。我们这个宇宙是个分裂的王国，其中某些思想感情和行动隶属上帝，而它们的对立面则属于撒旦魔王。对大多数人来说，设想道德遍天下而罪恶全无，就如同设想一个地球没有“天空”一样，是不可能的事。自一六九二年以来，一项重大的但却是表面上的变化扫除了上帝蓄胡子和撒旦长犄角的形象，但是这个世界依然被钳制在两种截然对立的绝对信念之间。那种统一的概念，认为正反两方面都是同一力量的属性，善恶是相对的，总在起变化，而且总是结合在同一现象之中——这种概念至今仍为物理科学和少数真正掌握思想史真谛的人保留下来。人们回想起基督纪元之前，冥界从来也没有被视作一个敌对领域，一切神祇尽管偶尔犯些小错，还是对人类有用的，而且基本上是友好的；同时我们还看到宗教对人类如此坚定而有系统地灌输人类卑微无用的观念——直到赎罪为止；那么，在这种时刻就有必要肯定魔鬼的存在，而这显然就可以成为一种武器，一种为每个时代所设计的、反复使用的武器，使人们老老实实地就范于一个特定的教会或宗教国家里。

我们很难相信魔鬼搞什么政治鼓动(这里找不到更合适的字眼，姑且用之)，主要是由于不管出了什么岔子，我们社会上的对手，而且也包括我们自己一方，都会把魔鬼召来诅咒。天主教教会在通过宗教法庭启发人们认识撒旦是魔王这一点上颇享盛名，可是这个教会的敌人也同样仰赖魔鬼使人们头脑保持着迷状态。马丁·路德被指控同地狱勾结，可他也转而指控他的敌人。他为了叫事情更加复杂化，竟然相信自己跟魔鬼打过交道，而且跟他辩论过宗教。我对这一点并不感到惊讶，因为在我进的那所大学里就有一位历史系教授——顺便提一下，是一位路德派——经常把他的研究生聚到一块儿，拉上教室的窗帘，召来古哲学家伊拉斯谟[①]的鬼魂，跟他交谈。据我所知，他从来没有为此而受到官方的嘲笑，原因是校方的官员也跟我们大多数人一样还都是处于一个在吮吸魔鬼奶头的历史时期的孩子。在我写这个剧本的时候，只有英国在当代妖术的蛊惑面前退缩了。在信奉某些意识形态的国家里，一切对外来思想意识的抵制都同抵制邪恶透顶的资本主义恶魔牵扯到一块儿，而在美国，任何人只要在观点上不够保守就容易被指控同红色地狱有密切联系。政治上的反对派由此而受到一种不近人情的压制，这种压制也就使一切文明交往所正常使用的惯例遭到废弃成为合法化。一项政策等同于道德权利，反对它就等同于恶魔的狠毒行为。这种等同的概念一生效，社会就变成阴谋和反阴谋的聚

① Desiderius Erasmus(1466—1536)，荷兰学者与哲学家，入巴黎大学修神学及文学，曾竭力攻击宗教之腐败，排斥烦琐哲学以振兴人文主义。他起先支持马丁·路德的宗教改革，后又反对路德造成宗教战争。

集场所；政府的主要任务也就从仲裁变为执行上帝的惩罚。

这种过程所造成的结果今日与往昔并无不同，只不过有时在蒙受的残酷程度上有所不同罢了，而且在那一范围内也不总是一致的。通常一个人的所作所为，社会可以从容不迫地加以判断，而一个行动的暗中意图则留交牧师、神甫和犹太教士来对付。然而，妖术兴起时，行动则成为一个人的真实性格并不重要的表现。正如赫尔牧师所说，撒旦是个狡猾的家伙，直到他堕落之前的一个小时，连上帝都还认为他在天堂里挺美哩。

有人认为过去尽管没有巫师，可现在有共产党人和资本家，双方阵营都有确凿的证据证明对方在派遣间谍暗中进行破坏，这种类推的比拟似欠妥当。但是，这可是个势利的反对，并无事实根据。我并不怀疑萨勒姆的居民在同撒旦通灵，甚至崇拜他；如果这个案件能像其他案件那样得以真相大白，我们就应该发现邪恶的精灵鬼怪时常有一种蓄意讨好的赎罪表现。这方面的一个证据就是巴里斯牧师的奴隶蒂图芭所作的忏悔，另一个证据是那些被认为同她一起耽迷于妖术的孩子所表现的行为。

欧洲也有这种类似的聚会的说法，乡镇里的姑娘们会在夜间聚会，有时带着她们崇拜的物神，有时带着一个挑选出来的小伙子，一齐寻欢作乐，结果闹出一些私生子。教会遇到早已死去的神祇复活，目光是应当敏锐起来的，谴责这种放荡的狂欢是巫术在作怪，有理由把它解释为教会早已粉碎的酒神的狂欢力量在复苏。性、罪恶和魔鬼早就勾结在一起，所以它们继续存在于萨勒姆，也继续存在于今天。从各方面的报道来看，今日世界只有俄国共产党人还在强迫实行清教徒的习俗。例如在那里，妇女的装束就像任何一位美国浸礼会教徒所期望的那样拘谨，全身覆盖，不露皮肉。离婚法把赡养子女的责任加重在父亲一方。甚至革命初期制定的离婚条规比较松弛，无疑也是针对十九世纪维多利亚时代固定不变的婚姻和由此而产生的虚伪结果所引起的一种反感。如果不是为了别的原因，那么，一个那么强大、那么生怕失掉她的公民的一致性的国家是不能长久容忍家庭像原子一般分裂的。但是，至少在美国人眼里依然存在着这样一种看法，那就是俄国人对女人的态度是轻浮的。这又是魔鬼在作怪，正像他在那些一想到女人在一出滑稽喜剧里脱光衣服就大为惊吓的斯拉夫人当中作怪一样。我们的对立面总是给打扮成犯了性罪恶的罪犯，于是魔鬼学也就在这种不知不觉的信念中获得它那种引人入胜的魅力以及它那种令人发怒和恐惧的能力。

现在再回说萨勒姆，赫尔牧师把自己想象成一位首次被人请去看病的年轻大夫。他苦心学到的那一套包括症状、术语和诊断法的学问现在终于派上用场了。这天早晨，那条从贝弗利通往这里的道路上出现不寻常的人群，他听到了无数的谣传，自耕农对这门最专门的学问所表现的无知叫他发笑。他觉得自己同欧洲最有智慧的人联系在了一起——国王啦，哲学家啦，科学家啦，还有各种教会的传教士。他的目标是光明、善和对善的维护；他理解上帝赐福的人那股兴奋劲儿，他们那种由于对广阔的领域进行周密调查而变得敏锐的智慧，终于被动员起来面对一场可能是同魔王撒旦较量的血腥的搏斗。

[他夹着六七本厚书登场，准备把它们放下来。

赫　尔　谁过来帮忙接一接！

巴里斯　（喜悦地）赫尔先生！哎呀！又见到您，真是太高兴啦！（拿下几本书）唷，好沉啊！

赫　尔　（放下书）应该沉嘛，本本都带着权威的分量。

巴里斯　（有点胆怯）嗯，您可真的做好准备来的！

赫　尔　要打算抓到魔鬼，咱们就得多研究。（注意到吕蓓卡）您大概是吕蓓卡·诺斯吧？

吕蓓卡　是啊，先生。您认识我？

赫　尔　怪就怪在我怎么一下子就把您认出来了，不过我猜想这是因为您长着善良的人应有的一副相貌。我们在贝弗利都听说过您那些了不起的善举。

巴里斯　这位先生您认识吗？托马斯·普特南先生。这位是他善良的夫人安。

赫　尔　普特南！我真没料到会在这儿遇到您这样的贵客，先生。

普特南　（高兴地）赫尔先生，我们真是一筹莫展了。我们等您到敝人家中去把我们那个孩子救活过来。

赫　尔　您的孩子也不舒服了吗？

普特南太太　她的魂灵，她的魂灵好像出了窍。她昏睡不醒，但还梦游……

普特南　她也不能吃东西。

赫　尔　不能吃东西！（思索片刻，然后对普洛克托和詹理斯·考莱说）你们的孩子有没有受折磨啊？

巴里斯　没有，没有，他们是庄稼人。约翰·普洛克托——

詹理斯　他不信巫术。

普洛克托　(对赫尔说)我从来也没这样那样地谈论过巫术。走吧，詹理斯?

詹理斯　不啦，约翰，我不想去了。我有几个怪问题还想问问这小子。

普洛克托　我听说您是个通情达理的人，赫尔先生。我希望您能在萨勒姆留下点这种美德。

［普洛克托下。赫尔窘迫地呆立片刻。

巴里斯　(急切地)您这就看看我的女儿吧，先生?(领赫尔走到床前)她想从窗户跳出去。

普特南太太　今天早晨我们还发现她在公路上摇晃两只胳膊，好像要飞似的。

赫　尔　(眯细眼睛)要飞?

普特南　她一听见上帝的名字就受不了，赫尔先生；这明明是巫术作怪的迹象。

赫　尔　(举起双手)不，不。让我来指导你们。我们不能把这看成迷信。撒旦魔王确确实实存在；他一出现就像石头一样留下明显的痕迹；我得事先跟你们讲明，我要是在她身上没找到魔鬼留下的伤痕，你们也应该相信，否则的话，我就不进行调查。

巴里斯　同意，先生，同意——我们听从您的判断。

赫　尔　那就好。（他朝床前走去，哈腰瞧瞧贝蒂。对巴里斯说）嗯，先生，您对这件古怪的事首先发现了什么不祥之兆？

巴里斯　这个，先生——我昨天夜里发现她——（手指阿碧格）——我的侄女，还有十来个姑娘在树林里跳舞。

赫　尔　（惊讶地）您容许跳舞？

巴里斯　没有，没有，她们暗地里——

普特南太太　（迫不及待地）巴里斯先生的女奴隶会念咒招魂，先生。

巴里斯　（对普特南太太）这事我们现在还不能肯定，安大嫂——

普特南太太　（惊慌，很小声地说）这我知道，先生。是我让我的孩子去的——她应该从蒂图芭那儿得知谁谋害了她的几个姐姐。

吕蓓卡　（惊骇）安大嫂！你居然让你的孩子去念咒招魂？

普特南太太　让上帝谴责我，你不配，你不配，吕蓓卡！我不想让你再对我指手画脚地挑刺儿啦！（对赫尔)我生了七个孩子，都没活满一天就死了，这难道正常吗?

巴里斯　小点声!

［吕蓓卡十分痛苦地扭过头去。沉默片刻。

赫　尔　七个夭折的孩子。

普特南太太　(轻声地)是啊。(她的嗓音嘶哑了；她仰视着他。沉默。赫尔深受感动。巴里斯瞧着他。赫尔走到他的一堆书前，打开一本，一页一页地翻查，然后阅读。大家都眼巴巴地等待)

巴里斯　(小声地)那是什么书?

普特南太太　书里面有什么，先生?

赫　尔　(带着津津有味的求知热情)这里面捕捉了所有的幽灵鬼怪，分门别类地加以解释。这里面有你们人人知道的各式各样的精灵鬼怪——梦魇啦，妖精啦，你们那些从陆海空来的巫婆啦，你们那些白天或黑夜出没的巫师啦，无一遗漏。在这些书里，魔鬼给剥去了他的一切伪装，显露了凶恶的原形。现在用不着害怕——魔鬼要是来到咱们中间，咱们就把他找出来；我是说他胆敢露面，咱们就把他彻底砸烂!(他朝床前走去)

吕蓓卡　那会不会伤了孩子，先生？

赫　尔　这我可不敢保证。她要是真的让魔鬼缠身，咱们没准儿就得使劲撕啊扯地把她救出来。

吕蓓卡　那我想我还是走开的好。我年纪大了，我受不了。（她站起来）

巴里斯　（想法说服）怎么，吕蓓卡，咱们今天就可以让这场灾难真相大白了！

吕蓓卡　但愿如此。我祈求主帮助您，先生。

巴里斯　（惊惶——接着不满）我希望您不是说我们这儿在祈求魔鬼帮忙吧！（稍停）

吕蓓卡　我要是能知道就好了。（她走出去；他们对她这种怀着道德优越感的口气感到不满）

普特南　（猝然）得啦，赫尔先生，咱们接着干吧。请这里坐。

詹理斯　赫尔先生，我有件事一直想向一位学识渊博的人请教——一个人老看些怪书是怎么回事？

赫　尔　什么书？

詹理斯　我也说不上来；她总把书藏起来。

赫　尔　谁这样做？

詹理斯　我的老伴儿玛莎。好几次我夜里醒过来，都发现她躲在旮旯里看一本书。您看这是怎么回事？

赫　尔　怎么，那没有必要——

詹理斯　这叫我挺为难！昨天晚上——请您注意——我试啊试的，祷告词儿怎么也念不上来啦。后来她把书合上，走出家门，于是突然之间——请您注意——我又能祷告了！

詹理斯老头儿后来的命运很奇怪，跟所有别的人的命运大不一样，单就这一点来说也该介绍一下他。他这时八十多岁，是这段历史上最滑稽的一位人物。没有人像他那样遭受过那么多指责。哪家的母牛丢了，首先想到的准是到詹理斯家四周围去找找看；夜间失火，又会怀疑是他放的。他对社会舆论满不在乎，只是到了晚年——他跟玛莎结婚之后——他才跟教会有了来往。她阻止他祷告，这是很可能的事，可是他忘记说明自己最近才学会了几句祷告词，很有可能一时结结巴巴说不上来。他虽然是个招人讨厌的怪家伙，却是个十分天真而勇敢的人。有一次他在法庭上被问到他是否曾经因为一头公猪的古怪举动而感到害怕，而且还说过他知道那是魔鬼附身。人家问他："什么使你那样害怕啊?"他只听进"害怕"这个词儿，别的全没听进去，当即答道："我不记得我这一辈子曾经说过'害怕'这个词儿。"

赫　尔　噢！阻止祷告——邪门儿。有时间我要找你好好谈谈。

詹理斯　我并不是说她跟魔鬼有交往，我只想知道她在看啥书，干吗要把它们藏起来。她不肯回答我，您知道。

赫　尔　嗯，这事咱们得好好研究研究。（对众人）现在听我说，这个姑娘要是被魔鬼缠身，你们就会在这间屋子里目睹一些可怕的怪事，所以请大家保持头脑清醒。巴里斯先生，请你站在这儿，普特南先生，请站近点，免得她飞掉。现在，贝蒂宝贝儿，坐起来好不好？（普特南靠近点，以防万一。赫尔扶起贝蒂，可她却软绵绵地耷拉在他的臂弯里)嗯。(他仔细观察她。别人都屏息瞧着)听得见我说话吗？我是贝弗利乡镇的约翰·赫尔牧师。我搭救你来啦，宝贝儿。你还记得贝弗利镇上我的两个小姑娘吗？(贝蒂在他的臂弯中一动也没动)

巴里斯　(恐慌地)怎么可能是魔鬼呢？他干吗单单选中打击我的家啊？我们这个乡镇里有的是各种各样行为不端的人！

赫　尔　一个早已腐朽的灵魂魔鬼再去争取，又有什么胜利可言？魔鬼要的是最好的人的灵魂，而有谁还能胜过牧师呢？

詹理斯　这话说得深刻，巴里斯先生，深刻，深刻！

巴里斯　(这当儿下定决心)贝蒂！回答赫尔先生的话！贝蒂！

赫　尔　有人在伤害你吗，孩子？听着，不一定是个女人或者男人。也许是一只别人都瞧不见的鸟儿来威胁你——也许是一头猪啦，一只耗子啦，要不就是任何一种别的什么畜类。有没有什么怪物叫你飞啊？(那个女孩仍然软绵绵地耷拉在他的臂弯里。赫尔默默地把她的脑袋放回到枕头上。然后，他冲她举起双手，嘴里念念有词）以万军之主的名义，妖魔鬼怪快滚回地狱！（她还是没有动晃。他转向阿碧格，眯起两眼）阿碧格，你在树林里跟她跳的是什么舞？

阿碧格　哎呀——就是普普通通的舞嘛。

巴里斯　我觉得我该说一下，我——我看见她们跳舞的那块草地上有一口大锅。

阿碧格　那里面煮的是汤。

赫　尔　煮的什么汤，阿碧格？

阿碧格　怎么，里面有毛豆啦——我想还有小扁豆啦，另外还有——

赫　尔　巴里斯先生，您有没有发现锅里有什么活的东西吗？也许一只耗子，一个蜘蛛，一只蛤蟆什么的——？

巴里斯　（胆怯地）我——我敢断定汤里确实有东西在动晃。

阿碧格　那是它自个儿跳进去的，我们可没往里搁！

赫　尔　（立即地）什么玩意儿跳进去了？

阿碧格　哎呀，一只小极了的蛤蟆跳进去啦——

巴里斯　一只蛤蟆，阿碧！

赫　尔　（抓住阿碧格）阿碧格，你的小表妹没准儿快咽气了。昨天夜里你召唤魔鬼了吗？

阿碧格　我压根儿也没召唤过他！蒂图芭，蒂图芭……

巴里斯　（面色苍白）她召唤魔鬼吗？

赫　尔　我想跟蒂图芭谈一谈。

巴里斯　安大嫂，您去把她叫来好吗？（普特南太太下）

赫　尔　她怎样念咒召唤魔鬼？

阿碧格　我不知道——她说的是巴巴多斯土话。

赫　尔　她念咒的时候，你有没有什么古怪的感觉？也许突然刮来一阵飕飕的冷风什么的？地底下颤颤悠悠？

阿碧格　我压根儿没看见什么魔鬼！（摇晃贝蒂）贝蒂，醒醒，贝蒂，贝蒂！

赫　尔　你不能对我的问题避而不答，阿碧格。你表妹有没有喝锅里的汤？

阿碧格　没喝！

赫　尔　你喝了吗？

阿碧格　也没喝，先生！

赫　尔　蒂图芭有没有叫你喝？

阿碧格　她想叫我喝，可我拒绝了。

赫　尔　你干吗要隐瞒呢？难道你卖身投靠撒旦魔王了吗？

阿碧格　我压根儿也没卖身投靠！我是个好姑娘！规规矩矩的姑娘！

［普特南太太领蒂图芭进来，阿碧格顿时用手指着蒂图芭。

阿碧格　是她，是她！是她叫我干的！是她叫贝蒂干的！

蒂图芭　（惊骇而且愤怒）阿碧！

阿碧格　她叫我喝血！

巴里斯　血！！

普特南太太　那是我的孩子的血？

蒂图芭　不是，不是，那是鸡血。我给她喝的是鸡血！

赫　尔　婆娘，你给魔鬼招募收罗了这些孩子吗？

蒂图芭　没有，没有，先生，我不跟魔鬼打交道！

赫　尔　那她为什么醒不了？你在封住这个孩子的嘴吗？

蒂图芭　我爱我的小贝蒂！

赫　尔　你放出你的精灵鬼怪勾走了这个孩子的魂灵，是不是？你是在给魔鬼搜罗魂灵吗？

阿碧格　她在教堂里撒出她的精灵鬼怪作弄我；她叫我在祷告的时候格格发笑。

巴里斯　对了，她常会在祷告的时候傻笑！

阿碧格　她每天夜里来叫我去喝血！

蒂图芭　是你求我念咒招魂！她求我弄神弄鬼——

阿碧格　别撒谎！（对赫尔）我睡觉的时候，她总来；她老让我做些腐化堕落的梦！

蒂图芭　你干吗这样胡说，阿碧？

阿碧格　有时候我醒过来，发现自个儿站在大门口，身上一丝不挂！我在梦中老是听见她在狂笑。我还听见她唱巴巴多斯歌儿，诱惑我——

蒂图芭　牧师先生，我从来也没有——

赫　尔　（果断地）蒂图芭，我要你叫这个孩子醒过来！

蒂图芭　我没有摆布这个孩子，先生。

赫　尔　你当然摆布了，现在就把她放开！你什么时候跟魔鬼勾搭上的！

蒂图芭　我没跟魔鬼勾搭！

巴里斯　你要么彻底坦白交代，否则的话，我就要把你揪出去，用鞭子抽死你，蒂图芭！

普特南　这个娘们儿该给绞死。该把她拖出去绞死！

蒂图芭　（吓得跪了下来）不，不，别绞死蒂图芭！我跟他说过我不情愿给他干活，先生。

巴里斯　是魔鬼吗？

赫　尔　那你瞧见他啦！（蒂图芭低泣）现在，蒂图芭，我知道人一旦跟魔鬼勾搭上就很难脱身。我们会想法帮你摆脱他——

蒂图芭　（对那种即将来临的摆脱方法感到害怕）牧师先生，我确实相信有别人在用魔法迷住这些孩子。

赫　尔　谁？

蒂图芭　我不知道，先生，不过魔鬼给自个儿招募了许许多多巫师。

赫　尔　是吗？（这可是个线索）蒂图芭，瞧着我的眼睛。过来，瞧着我。（她畏惧地抬眼瞧着他的眼睛）你愿意做个好基督徒，是不是，蒂图芭？

蒂图芭　是，先生，一个信基督教的好女人。

赫　尔　你也爱这些孩子？

蒂图芭　当然，先生，我不想伤害孩子。

赫　尔　你也热爱上帝，蒂图芭？

蒂图芭　我真心真意热爱上帝。

赫　尔　现在，以主神圣的名义——

蒂图芭　感谢主。感谢主。（她吓得两腿直哆嗦，低声呜咽）

赫　尔　光荣归于主——

蒂图芭　永恒不朽的光荣。感谢主——感谢上帝……

赫　尔　坦白交代吧，蒂图芭——坦白吧，让主神圣的光辉照耀你。

蒂图芭　感谢主。

赫　尔　魔鬼来找你的时候，有没有别人跟他一块儿来？（她抬头盯视着他的脸）也许是村子里的哪个人？你认得的某某人。

巴里斯　谁跟他一块儿来的？

普特南　萨拉·古德？你有没有看到萨拉·古德跟魔鬼在一块儿？要么是奥斯邦？

巴里斯　跟他一块儿来的是男人还是女人？

蒂图芭　男人还是女人。是——是女人。

巴里斯　什么样的女人？你说是个女人。什么样的女人？

蒂图芭　天太黑，我——

巴里斯　你能看见魔鬼，怎么会看不见那个女人呢？

蒂图芭　嗯，他们总在说话，老是跑来跑去，老在——

巴里斯　你是说他们从萨勒姆出来的吗？萨勒姆的巫婆吗？

蒂图芭　我想是的，先生。

[赫尔这当儿握住她的手。她感到诧异。

赫　尔　蒂图芭。告诉我们她们是谁，用不着害怕，明白吗？我们会保护你。恶魔永远战胜不了牧师。这你明白，是不是？

蒂图芭　（吻赫尔的手）是，先生，是，我明白。

赫　尔　你已经坦白自己玩弄过巫术，这就说明你有意回到上帝这边来。我们会祈求上帝保佑你，蒂图芭。

蒂图芭　（如释重负）哦，上帝保佑您，赫尔先生！

赫　尔　（得意扬扬）你是上帝交托在我们手中的工具，要把隐藏在我们当中的魔鬼代理人搜出来。上帝挑中你，蒂图芭，选中你来帮助我们好好清理清理我们这个乡镇。所以，彻底交代出来吧，蒂图芭，掉过头来，别再理睬魔鬼，而要面向上帝——面向主，蒂图芭，主会保护你的。

蒂图芭　（附和道）哦，主，保护蒂图芭！

赫　尔　（仁慈地）谁跟魔鬼一块儿来找你？两个？三个？四个？总共有几个？

［蒂图芭喘着气，身子前俯后仰，两眼呆视前方。

蒂图芭　四个。一共有四个。

巴里斯　（紧紧追问）都是谁？谁？把她们的名字说出来！她们的名字！

蒂图芭　（突然破口而出）噢，那么多次他叫我宰了您，巴里斯先生！

巴里斯　宰了我！

蒂图芭　（狂怒地）他说该把巴里斯先生宰掉！巴里斯先生不是个好玩意儿，巴里斯先生不是个正人君子；他要我三更半夜起来用刀抹您的脖子！（众骇然）可我对他说，“不，我不恨那个人。我不想宰他。”他又说，“你给我干活，蒂图芭，我就让你获得自由！我给你漂亮衣裳穿，把你送向空中，你就可以飞回巴巴多斯去啦！”我说，“你撒谎，魔鬼，你撒谎！”后来在一个狂风暴雨的夜里，他又来找我，对我说，“瞧！连白人当中都有我的人。”我一看呐——那里面有古德大娘。

巴里斯　萨拉·古德！

蒂图芭　（一边摇晃身子，一边呜咽）是啊，先生，还有奥斯邦大娘。

普特南太太　这我早就料到啦！奥斯邦大娘给我接过三次生。我求过你，托马斯，是不是？我求过他别去叫奥斯邦来给我接生，因为我怕她。我的几个娃娃一到她手里就萎缩了！

赫　尔　鼓起勇气来，你应该把她们的名字全都告诉我们。看这个孩子在受罪，你怎么忍心看得下去？瞧瞧她，蒂图芭。（他指着床上的贝蒂）瞧上帝赐给她那副天真烂漫的模样儿；她的灵魂脆弱得很；咱们得保护她，蒂图芭；魔鬼出来捕捉她，就跟一头野兽捕捉纯洁的绵羊，吃它的肉一样。你出来搭救，上帝会保佑你的。

［阿碧格站起来，仿佛受到感召似的瞪视着，喊叫起来。

阿碧格　我要坦白交代！（大家都惊讶地转向她。她神魂颠倒，仿佛沉浸在珍珠般明亮的光辉里）我要主的光辉，我要耶稣仁慈的爱！我给魔鬼跳过舞；我看见了他；我的名字列在魔鬼的名单里了；我现在情愿回到耶稣这边来；我吻他的手。我看见萨拉·古德跟魔鬼在一块儿！我看见奥斯邦大娘跟魔鬼在一块儿！我看见布丽奇特·比肖普跟魔鬼在一块儿！

［阿碧格喊叫的时候，贝蒂跪在床上，两眼冒火，也学起这种单调的腔调。

贝　蒂　（两眼瞪视着）我看见乔治·雅各布跟魔鬼在一块儿！我看见豪大娘跟魔鬼在一块儿！

巴里斯　她说话啦！（他跑过去拥抱贝蒂）她说话啦！

赫　尔　荣耀归于主！魔障给破了，他们获得自由啦！

贝　蒂　（如释重负地歇斯底里喊叫）我看见玛莎·贝娄斯跟魔鬼在一块儿！

阿碧格　我看见希伯大娘跟魔鬼在一块儿！（欢欣的气氛高涨）

普特南　警长，我去叫警长！

［巴里斯高声诵颂一首感恩祈祷词。

贝　蒂　我看见爱丽丝·巴罗跟魔鬼在一块儿！

［幕徐徐落下。

赫　尔　（对往外走的普特南）叫警长带手铐来！

阿碧格　我看见赫金斯大娘跟魔鬼在一块儿！

贝　蒂　我看见比伯大娘跟魔鬼在一块儿！

阿碧格　我看见布斯大娘跟魔鬼在一块儿！

在她们这阵狂呼呐喊声中——

幕　落

第二幕

八天后，普洛克托家的起居室。

右边有一扇通往外面田野的门。左边有个壁炉，后面是登往顶层的楼梯。这是当时那种又矮又黑、挺长的起居室。幕启时，室内无人。从楼上传来伊丽莎白给孩子唱的温柔歌声。不一会儿，门开了，约翰·普洛克托背着猎枪走进来。他朝壁炉走去，同时扫视屋内四处，接着听见她的歌声就停下来一会儿。然后他朝壁炉旁边走去，把猎枪靠在墙上，从炉子上方把一个吊锅取下来闻一闻。他拿起一把长柄勺，舀一勺尝尝。他不大满意，走到食橱前，捏一撮盐放进锅里。他再尝的时候，伊丽莎白的脚步声从楼梯上传来。他把锅又吊在火上，走到水槽前去洗脸洗手。伊丽莎白从楼梯上下来。

伊丽莎白　怎么回来得这么晚？天都快黑啦。

普洛克托　我播种一直播到树林边上了。

伊丽莎白　那你把活儿都干完啦。

普洛克托　嗯，庄稼都种上了。孩子们睡了吗？

伊丽莎白　就快睡啦。（她走到炉边，把炖肉舀进一个碟子里）

普洛克托　但愿有个好夏天。

伊丽莎白　是啊。

普洛克托　身体好一点没有？

伊丽莎白　好多了。（她把碟子放在桌上，用手指着）这是兔肉。

普洛克托　（走向桌子）哦，是吗！老鼠夹子夹住的吗？

伊丽莎白　不是，小家伙今天下午跑进屋子里来了；我发现它蹲在墙角那儿就像来拜访似的。

普洛克托　哦，这可是个福祉临门的好兆头。

伊丽莎白　感谢主。不过剥它的皮的时候叫我挺难过，可怜的小兔儿。（她坐下，瞧着他品尝）

普洛克托　味儿挺不赖。

伊丽莎白　（高兴得脸红起来）我细心做的。嫩吗？

普洛克托　嫩。（他吃。她瞧着他）我想咱们很快就会看到一片绿油油的庄稼啦。土块下面跟血一样暖和。

伊丽莎白　那可太好了。

［普洛克托吃了一阵之后抬起头来。

普洛克托　要是今年收成好，我就把乔治·雅各布的小母牛买过来。你高兴吗？

伊丽莎白　嗯，当然高兴。

普洛克托　（露齿一笑）我想让你高兴高兴，伊丽莎白。

伊丽莎白　（勉强地）我知道，约翰。

［他站起来，走到她面前去吻她。她只让他吻了一下。他略感失望地回到原来坐的地方。

普洛克托　（尽可能温柔地）苹果酒呐？

伊丽莎白　（由于忘了拿酒而感到内疚）噢！（她站起来，去给他倒一杯。这当儿，他猫弓着背）

普洛克托　你一步一步撒种子的时候，这个农场就像一片无边无际的大陆。

伊丽莎白　（端酒过来）确实是那样。

普洛克托　（喝了一大口，然后放下杯子）你干吗不采点花回来摆饰摆饰。

伊丽莎白　噢！我忘了！明天就去采点来。

普洛克托　屋子里还跟冬天一样冰凉。礼拜天，咱们一块儿到农场去遛遛怎么样；我从来没见地里长过那么多花儿。（他心情舒畅地走到敞开的门前，仰望天空）丁香花有一股浓郁的香味。我觉得丁香花是黄昏的香味儿。春天马萨诸塞州可真是个美丽的地方！

伊丽莎白　谁说不是啊。

［停顿片刻。他站在那儿赏观夜景，她一直在桌子那边瞧着他，好像要说点什么，却又难以启齿。她于是把碟子、酒杯和刀叉收拾起来，拿到水槽那边去。她背朝着他。他转身瞧着她。一种隔阂感在两人之间出现了。

普洛克托　我觉得你又愁眉不展啦，是不是？

伊丽莎白　（不想彼此发生摩擦，可又避免不了）你回来得那么晚，我还当你下午去萨勒姆了。

普洛克托　干什么？我又没有什么事要去萨勒姆办。

伊丽莎白　这个礼拜一、二，你确实说过要去。

普洛克托　（明白她的意思）我后来考虑还是不去的好。

伊丽莎白　玛丽·沃伦今天到那儿去了。

普洛克托　你干吗让她去？我说过不许她再去萨勒姆，这你也听见了啊！

伊丽莎白　我拦不住她。

普洛克托　（克制自己不要过分谴责她）你错了，你错了，伊丽莎白——你是这儿的女主人，不是玛丽·沃伦。

伊丽莎白　她把我的勇气都吓跑了。

普洛克托　那个毛丫头怎样吓唬你，伊丽莎白？你——

伊丽莎白　现在她可不是个毛丫头喽。我不让她去，她就仰起头，像个公主似的，对我说，“我非去萨勒姆不可，普洛克托大娘；我如今是法庭上的一个官儿啦！”

普洛克托　法庭！什么法庭？

伊丽莎白　嗯，他们现在成立了一个正式的法庭。她说，他们还从波士顿请来了四名法官，个个是议会的重要官员，为首的是副总督。

普洛克托 （惊讶地）怎么，她疯了。

伊丽莎白 我向上帝保证她是疯子。她说现在已经有十四个人进了监狱。（普洛克托只瞧着她，理解不了）她还说他们都要接受审判，法庭有权把他们绞死呐。

普洛克托 （嘲笑，却无信心）哼，他们从来不会绞死——

伊丽莎白 那些人要是不忏悔，副总督说就要把他们绞死。我觉得这个乡镇简直发疯了。她还提到了阿碧格，一听她那种口气，我觉得阿碧格仿佛成了一位圣徒。阿碧格把另外一些姑娘也带进了法庭；她一走进去，群众就像海水为以色列开道[①]那样两厢分开，给她让出一条道。老乡给带到这群姑娘面前，姑娘们要是嘶哇乱叫，跌倒在地——那个老乡就犯了向她们施展妖术的罪行而被铐进监狱。

普洛克托 （张着大眼）噢，这简直是一场邪恶的鬼把戏。

① 见《圣经·出埃及记》第十四章第二十一和二十二节。

伊丽莎白　我觉得你应该去萨勒姆一趟，约翰。（他转身冲着她）我是这样想的。你应该告诉他们这是一场骗局。

普洛克托　（认为比这还严重）对，对，肯定是骗局。

伊丽莎白　你也到伊齐基尔·契佛家去一趟——他很了解你。把阿碧格上礼拜在她叔叔家里对你说的话讲给他听。阿碧格不是说这跟巫术一点关系都没有吗？

普洛克托　（思考）嗯，她说过，她说过。（停顿片刻）

伊丽莎白　（平心静气地，怕惹他生气）主不准你向法庭隐瞒事实，约翰。我认为他们应该知道这件事。

普洛克托　（平静地，在作思想斗争）对，应该告诉他们，完全应该。他们居然相信阿碧格，可也真是件怪事。

伊丽莎白　换了我，现在就会去萨勒姆，约翰——今天晚上你就去吧。

普洛克托　让我考虑一下。

伊丽莎白　（鼓起勇气）你不能隐瞒，约翰。

普洛克托　（生气）我知道我不能隐瞒。我说了让我考虑一下嘛！

伊丽莎白　（受了委屈，十分冷淡地）好吧，那你就考虑吧。（她站起来，朝屋外走去）

普洛克托　我不过是想考虑一下怎样才能证明她对我说的话是真的，伊丽莎白。阿碧格那个丫头要是现在成了圣徒，我想那就很不容易证明她是在弄虚作假啦，况且乡里人都忽然变得那么愚蠢。她是在一间屋子里单独跟我说的——我没有旁证。

伊丽莎白　你单独一个人跟她在一块儿吗？

普洛克托　（固执地）只不过一会儿。

伊丽莎白　这么一说，并不像你先前告诉我那样喽。

普洛克托　（发火）我说了只不过一会儿嘛。别人随后马上就进来了。

伊丽莎白　（平静地——对他突然完全失去信心）那就随你的便吧。（她开始转身走开）

普洛克托　女人家。（她转过身来冲着他）我不希望你再对我有任何的怀疑。

伊丽莎白　（有点高傲地）我并没有——

普洛克托　我不希望你有！

伊丽莎白　那你就别招人疑心。

普洛克托　（声音极轻地）你还在怀疑我？

伊丽莎白　（微微一笑，保持尊严）约翰，你非得去伤害的人如果不是阿碧格，你现在还会犹豫吗？我想那就不会了吧。

普洛克托　你瞧你——

伊丽莎白　我全看透了，约翰。

普洛克托　（带着庄重的告诫口气）别再指责我啦，伊丽莎白。我去指控阿碧格搞骗局，很有理由需要事先考虑一下，而且我会好好考虑的。你以后再要指责你的丈夫，也应该注意改进自己的看法。我早已忘掉阿碧格，和——

伊丽莎白　和我。

普洛克托　宽恕我吧！你什么都没忘掉，什么也没忘。学学宽容吧，女人家。自打她走了以后，七个月来我在这所房子里走动，总是提心吊胆的。我无时无刻不在想叫你高兴，可是你头脑里还纠缠着一首没完没了的送葬曲。我没法申辩，老是被你怀疑，每一分钟你都在指责我撒谎，我回到家里就像进了法庭似的！

伊丽莎白　约翰，你不跟我说真心话。你说你是在一群人当中见到她的，可你现在又——

普洛克托　我不想为我的诚实辩护，伊丽莎白。

伊丽莎白　（这当儿倒想为自己辩解）约翰，我不过是——

普洛克托　甭说了！你头一次向我吐露你的疑心的时候，我原本就该大吵大闹，把你的话压下去。可我退缩了，我像基督徒那样忏悔了。忏悔了！那天我准是有种幻想，把你错当成上帝了。可你不是，你不是，那档子事你就牢牢记住吧！但愿有一天，你也会找找我的长处，不再指责我。

伊丽莎白　我并没有指责你。是你的良心在指责你。我一向把你看成是个好人，约翰——（微微一笑）——不过有点迷迷瞪瞪罢了。

普洛克托　（苦笑）你这种判断冰冷得都能让啤酒结冰！（他突然转向门外传来的一阵响声，接着就朝门口走去，这时玛丽·沃伦走进来。他一看到她就冲她走去，气愤地抓住她的斗篷）玛丽，我不让你去萨勒姆，你怎么还是去了？你欺骗我吗？（摇晃她）你要是胆敢再离开这所房子，我就拿鞭子抽你！

［怪就怪在她并没有反抗，而是软弱无力地瘫在他的两只手臂中。

玛丽·沃伦　我病了，我病了，普洛克托先生。请您千万别伤害我。（她这种古怪的举动、明显的苍白脸色和虚弱的身体让他上了当。他把她放开了）我心里都在哆嗦；我一整天都在出席法庭的审判，先生。

普洛克托　（愤怒耗尽了——好奇心取而代之）这儿的审判又有什么了不起？我每年付给你九镑工钱，你打算多久才动手收拾屋子——何况我老婆的身体还没完全好利落？

［玛丽·沃伦好像为了补偿似的，手里拿着一个碎布做的娃娃走向伊丽莎白。

玛丽·沃伦　我今个儿给您做了一样礼物，普洛克托大娘。我得一连好几个钟头坐在椅子上，因此缝个玩意儿消磨消磨时间。

伊丽莎白　（迷惑不解地瞧着那个布娃娃）哎呀，谢谢你，真是个漂亮的布娃娃。

玛丽·沃伦　（声调颤抖而微弱）咱们现在都应该相亲相爱，普洛克托大娘。

伊丽莎白　（对她这种古怪的举止感到纳闷儿）说的是啊，咱们的确应该这样。

玛丽·沃伦　（朝屋子四下里扫一眼）我明天起个早拾

掇屋子。眼下我得睡觉去了。（她转身往外走）

普洛克托　玛丽。（她站住）是真的吗？有十四个人被拘捕了？

玛丽·沃伦　不止这几个，先生。如今已经拘捕了三十九个人啦——（她突然顿住，哽咽起来，精疲力竭地坐下）

伊丽莎白　咦，她哭啦！你哪儿不舒服，孩子？

玛丽·沃伦　奥斯邦大娘——要给绞死啦！

［场上出现一阵震惊的沉默，只有玛丽在低泣。

普洛克托　绞死！（他冲她说）你说是要给绞死？

玛丽·沃伦　（哭着说）是。

普洛克托　副总督允许吗？

玛丽·沃伦　是他宣判的。他非这样不可。（改变口气）不过萨拉·古德没被判处绞刑，因为她忏悔了，您知道。

普洛克托　忏悔了！忏悔什么？

玛丽·沃伦　她——（一想起来就毛骨悚然）——她有一阵子跟撒旦魔王订了契约，把她的名字写在魔鬼那本黑册子里了——是用她自己的血写的——她决心折磨基督徒，一直到把上帝推翻为止——我们大家都必须永远敬仰魔鬼。

［停顿。

普洛克托　可是——你当然知道她是个多么爱嚼舌的婆娘啊。这你有没有告诉他们？

玛丽·沃伦　普洛克托先生，在公堂上她差点儿把我们都掐死。

普洛克托　怎么，掐死你们？

玛丽·沃伦　她撒出她的精灵鬼怪捣乱。

伊丽莎白　噢，玛丽，玛丽，你当然——

玛丽·沃伦　（有点气愤）她有好几次想杀死我呐，普洛克托大娘。

伊丽莎白　怎么，我以前从来没听你说起过。

玛丽·沃伦　我以前也不知道。我以前啥也不知道。她走进法庭的时候，我心想我不该指控这个女人，因为她又老又穷，常常睡在沟渠里。可是后来——后来她坐在那儿，一个劲儿耍赖，我就觉得自己的脊梁骨飕飕发凉，天灵盖上的皮肤发毛，我觉得有一把钳子夹住我的脖子，叫我喘不过气来；接着（神魂颠倒地）我听见一个声音，一阵喊叫，好像是我自己的声音——突然之间她对我干的事我全都想起来了。

普洛克托　呃？她对你干了什么事？

玛丽·沃伦　（内心豁然开朗似的）普洛克托先生，她有好几次来到这扇门前要饭，讨一块面包和一杯苹果酒——您猜怎么着，只要哪次我没给她，一把她轰走，她就嘟嘟囔囔。

伊丽莎白　嘟嘟囔囔！她要是饿得要命就可能嘟囔。

玛丽·沃伦　可她嘟囔的是啥啊？您总该记得，普洛克托大娘。上个月——我想是礼拜一那天——她空手走开了，我就觉得我的五脏接连两天要炸开来似的。您还记得吗？

伊丽莎白　怎么不记得——我记得，可我想——

玛丽·沃伦　于是我就把这件事告诉哈桑法官了，他就审问她。"奥斯邦大娘，"他问道，"你嘴里嘟囔什么咒语，叫这个姑娘轰走你之后必定发病？"她回答说（模仿一个干瘪老太婆的口音）："唷，大老爷，根本不是什么咒语。我那是在背十诫[1]啊；我希望我总可以背诵十诫吧。”她这样说的！

伊丽莎白　答得挺正直嘛。

玛丽·沃伦　嗯，可是哈桑法官又说：“那你就把十诫背给我们听听！”（讨好地把身子偏向他们）甭说十诫，她连一诫也背不上来。她压根儿就没学过十诫，她撒了这样一个大谎，让他们逮住了。

普洛克托　于是就判她有罪吗？

玛丽·沃伦　（见他这样固执地怀疑，心里有点毛咕）怎么，她不打自招，他们当然该判了。

普洛克托　可是证据，证据在哪儿呐？

玛丽·沃伦　（对他很不耐烦）我跟您说过证据了。法官们说这证据就像石头一样扎实，铁证如山。

普洛克托　（停顿一下，然后说）以后不许你再去法庭，玛丽·沃伦。

玛丽·沃伦　我得跟您直说，先生，打现在起我天天都得去。我真纳闷儿您居然没看见我们在干多么繁重的活儿。

---

① 摩西十诫，相传为上帝口授摩西者，犹太教奉为戒约，后基督教亦遵守之。见《旧约·出埃及记》第二十章。

普洛克托 你们这是在干什么活儿呵！一个信基督教的姑娘要绞死一些老大娘，这可真是古怪的活儿！

玛丽·沃伦 可是，普洛克托先生，她们要是忏悔了，就不会被判处绞刑。萨拉·古德最多蹲一阵子监狱就会出来。（忽然想起来）还有一件怪事呐，想想看，古德大娘怀孕了！

伊丽莎白 怀孕了！他们疯了不成？那个女人都快六十啦！

玛丽·沃伦 他们叫格里葛斯大夫给她检查过了，她的肚子可真鼓起来啦。这些年来，她抽着烟斗，也没有个丈夫！但是感谢主，这一下倒救了她的老命，因为他们不打算加害无辜的胎儿。这是不是桩奇迹啊？您应该理解，先生，我们是在干上帝交下来的差事。所以我天天必得去一阵子。我是——他们说我现在是法庭的一名审判官，而且我——（她一直在慢慢地朝台后走去）

普洛克托 我倒要审判审判你！（他大步走向壁炉架，把挂在那儿的鞭子取下来）

玛丽·沃伦 （惊呆，却昂首直立，尽量保持她的尊严）我可不能再容忍别人用鞭子抽我啦！

伊丽莎白 （见普洛克托快挨近玛丽，连忙说）玛丽，你就答应留在家里吧——

玛丽·沃伦 （朝后倒退躲开他，但还保持挺直的姿态，一个劲儿为自己辩白）萨勒姆在闹魔鬼，普洛克托先生；我们得找出他暗藏在哪儿呐！

普洛克托 我来把魔鬼从你身上抽出来！（他举起鞭子要抽她；她一边飞跑躲开，一边喊叫）

玛丽·沃伦 （指着伊丽莎白）是我今天救了她的命！

［沉默。他放下鞭子。

伊丽莎白 （轻声地）有人指控我？

玛丽·沃伦 （颤抖地）有人提了一下。可我说我压根儿也没见您放出精灵鬼怪伤害过什么人；他们看见我确实跟您相处得挺亲近，就没往下追究。

伊丽莎白 谁指控我？

玛丽·沃伦 我受法律的约束，不能说出来。（对普洛克托）我只希望您往后别再那么挖苦人。一个钟头之前，四位法官和英王代表还跟我们一块儿吃饭呐。我——我希望您从今以后对我说话客气一点。

普洛克托 （恐惧，对她厌恶地喃喃道）睡觉去。

玛丽·沃伦　（跺了一下脚）我不愿意再让别人这样命令我去睡觉，普洛克托先生！我都十八了，虽然还没结婚，也是个成年的女人啦。

普洛克托　你想熬夜？那就熬呗。

玛丽·沃伦　我想睡觉去了！

普洛克托　（生气地）那就请吧，祝你晚安！

玛丽·沃伦　晚安。（她露出不满的神情，自己也拿不定主意，最后还是走了。普洛克托和伊丽莎白站在那里张着大眼瞪视着）

伊丽莎白　（轻声地）唉，绞索，绞索高挂起来啦！

普洛克托　不会有什么绞索。

伊丽莎白　她这是想叫我死啊。这个礼拜，我一直在想早晚有一天会落到这个下场！

普洛克托　（信心并不大）他们并没有往下追究。你刚才听她说过——

伊丽莎白　谁知道明天又会怎样呢？她会大声指控我，非闹到他们把我抓走不可！

普洛克托　坐下来。

伊丽莎白　她要叫我死，约翰，这你自个儿心里也明白！

普洛克托　坐下，坐下！（她坐下，浑身发抖。他沉稳地说话，尽量保持头脑清醒）咱们现在得学乖一点，伊丽莎白。

伊丽莎白　（讽刺而茫然若失地）噢，当然，当然！

普洛克托　什么也不用怕。我去找伊齐基尔·契佛。我去告诉他阿碧格说过那完全是闹着玩儿的。

伊丽莎白　约翰，如今已经有那么多人给关进了监狱，我想契佛也无能为力了，还得找更有效的办法才是。你能答应我吗？去找阿碧格吧。

普洛克托　（心一横，因为他感觉到……）要我跟阿碧格说什么？

伊丽莎白　（体贴地）约翰——同意我这个请求吧。你对年轻姑娘有一种错误的理解。床笫之间总是有默契的——

普洛克托　（尽量克制愤怒）什么默契！

伊丽莎白　不管你们是明讲还是心照不宣，反正彼此之间会有个默契的。她现在对这会十分珍惜的——我相信她会的——因此想杀死我，然后取代我的位置。

［普洛克托怒火上升；他说不上话来。

伊丽莎白　这是她衷心的希望，约翰，我知道。有的是上千人的名字，她干吗单提我呢？提出这样一个人的名字是要冒一定风险的——我可不是睡在沟渠里的古德大娘，也不是喝得醉貌咕咚的奥斯邦大娘。要不是从中可以得到挺大的好处，她决不敢提出这样一个老乡的妻子的名字的。她想取代我，约翰。

普洛克托　她不会这样想的！（心里却明知是这么回事）

伊丽莎白　（合情合理地）约翰，你对她表示过一丁点儿蔑视吗？没有一次她在教堂里打你身旁走过没叫你脸红——

普洛克托　我可以为自己犯的罪而脸红呀。

伊丽莎白　我觉得她从你的脸红看到另一种含义。

普洛克托　你知道啥？你知道啥哟，伊丽莎白？

伊丽莎白　（让步）我觉得你因为我在那儿，她又离得那么近，而有点害臊。

普洛克托　你多久才能了解我啊，女人家？我即使是块石头，也会在这七个月里臊得崩裂开来！

伊丽莎白　那就去当面对她说她是个婊子。别管她会感到有什么默契——撕毁掉，约翰，撕毁掉吧。

普洛克托　（咬紧牙关）那好吧。我这就去。（他去取他的猎枪）

伊丽莎白　（惶恐得浑身哆嗦）唉，多勉强呵！

普洛克托　（转身向她，手中提着那管猎枪）我要狠狠地咒骂她，火辣得比地狱里的火炭还要烫。刚才我又让你生气了，对不起！

伊丽莎白　我只要求你——

普洛克托　女人家，我真是那么卑鄙吗？你当真认为我是那么卑鄙无耻吗？

伊丽莎白　我从来也没说过你卑鄙。

普洛克托　那你怎么指责我有那种默契？一匹雄马给一匹母马的那种默契我给了那个丫头！

伊丽莎白　我要你撕毁它，可你干吗跟我生那么大的气呢？

普洛克托　因为根本就没有那种默契，我说的是真话！可我也不想再辩解！我发现你的心思总纠缠在我平生所犯的那个唯一的错误上，而我也永远不愿消除它！

伊丽莎白　（喊道）一旦你明白我是你唯一合法的妻子，或者根本不是，你就可以消除它！你的心窝里还存留着她射的那根箭，约翰·普洛克托，这你自个儿很明白！

普洛克托　我不想再辩解。

［门口突然闪现一个人影，仿佛从天而降。他俩吃了一惊。那是赫尔先生。他如今变了样儿——皱着点眉，态度显得恭敬，甚至怀着内疚的神情。

赫　尔　晚上好。

普洛克托　（仍然惊讶）怎么，原来是赫尔先生！晚上好，先生，请进，请进。

赫　尔　（对伊丽莎白说）我希望我没有把你们吓着吧。

伊丽莎白　哪儿的话，没有，只因为我没听见马蹄声——

赫　尔　您是普洛克托大嫂吧。

普洛克托　是的；伊丽莎白。

赫　尔　（点点头）我想你们还不至于就要休息吧。

普洛克托　（放下猎枪）不，还早呐。（赫尔走进来几步。普洛克托解释自己的紧张心情）我们不大习惯夜间有客人来访，不过您我们还是欢迎的。请坐，先生。

赫　尔　好。（他坐下）您也坐下吧，普洛克托大嫂。

［她坐下，一直盯视着他。赫尔朝屋内四下里瞧瞧，场上出现片刻的沉默。

普洛克托　（打破沉默）您要不要来一杯苹果酒，赫尔先生？

赫　尔　不，酒叫我反胃；我今天夜里还要走访几家人家。请坐，先生。（普洛克托坐下）我只待一会儿，不过我有件事想跟您谈一谈。

普洛克托　法庭上的事吗？

赫　尔　不是——不是。我是自愿来的，并没有受法庭的委托。听我说。（他润湿一下嘴唇）我不知道您有没有听说尊夫人的名字——有人在法庭里提起了。

普洛克托　听说了，先生。是我们的女佣玛丽·沃伦告诉我们的。这真是出乎我们意料之外。

赫　尔　我在这里人生地不熟。我觉得我在不明情况之下对那些被指控的人很难做出明确的判断。所以今天下午到晚上，我挨家串门，进行私访——我刚从吕蓓卡·诺斯家来——

伊丽莎白　（惊讶地）吕蓓卡被人控告了？

赫　尔　主不容许这样的人受到控告。可是有人提到了她。

伊丽莎白　（真想发笑）我希望您永远不会相信吕蓓卡会跟魔鬼打交道。

赫　尔　大嫂，那种事也可能会有的。

普洛克托　（吃惊）您当然不能那样想。

赫　尔　如今可是个古怪的时刻，先生。黑暗势力正聚到一起在猛攻这个乡镇，这一点再也没有人会怀疑。现在证据已经那么多，否认不了啦。您同意吗，先生？

普洛克托　（回避答复）我——我对这方面不了解。不过很难叫人相信像吕蓓卡这样一个十分虔诚的女人，七十年来一直是个信主的好人，她暗地里会是个魔鬼的婊子。

赫　尔　嗯。可是魔鬼挺狡猾咧，这一点您没法否认吧。不过，吕蓓卡还没到被控告的程度，我想她是不会的。（停顿）现在，先生，如果允许的话，我想就府上信仰基督教的资格方面提几个问题。

普洛克托　（冷淡而不满地）怎么，我们——不怕别人提问题，先生。

赫　尔　那就好。（他坐得更舒服一点）我在巴里斯先生保存的那册记录本里，发现你们在安息日难得进教堂。

普洛克托　不对，先生，您弄错了。

赫　尔　十七个月里共有二十六次没去，先生。我不得不说你们难得去啦。能告诉我你们为什么常常缺席吗？

普洛克托　赫尔先生，我压根儿就不知道我去教堂还是留在家里都得向那个人报告。我老婆这个冬天病了。

赫　尔　这我听说了。可您，先生，为什么不能单独一个人去呢？

普洛克托　我能去的时候当然去了，不能去就在家里祷告。

赫　尔　普洛克托先生，尊府可不是教堂；这方面的宗教知识您总该有。

普洛克托　对，先生，对；而且我也知道一个牧师没在圣坛上摆设金蜡烛台，也照样可以向主祈祷。

赫　尔　什么金蜡烛台？

普洛克托　我们当初盖那座教堂时，圣坛上摆的是锡烛台；那都是法兰西斯·诺斯做的，您知道，况且可爱的手是从来不摸金子那种玩意儿的。可是巴里斯到这里来之后，一连五个月光鼓吹金烛台，后来真弄到了手才算罢休。我从早到晚在地里干活；我跟您说实话，我抬头仰望天国，看到我的血汗钱在他的胳膊肘儿那儿闪闪发亮——这就触伤了我做祷告的情绪，先生，触伤了我做祷告的感情。我有时觉得这个人向往的是华丽的大教堂，而不是护墙板做的简朴会堂。

赫　尔　（想了一下，然后说）可是，先生，基督徒在安息日必须去教堂啊。（停顿）告诉我——您有三个孩子吗？

普洛克托　三个儿子。

赫　尔　为什么只有两个受了洗礼？

普洛克托　（欲说又止，接着好像没法不把它说出来似的）我不愿意让巴里斯先生碰我的娃娃。我在那个人身上看不见主的光辉。这一点我并不想隐瞒。

赫　尔　我应该说，普洛克托先生，这不是由您来决定的事。那人既然被委任为牧师，他身上就有主的光辉。

普洛克托　(气得满面通红，可还尽量装笑)您对我有什么怀疑吗，赫尔先生？

赫　尔　不，不，我没有——

普洛克托　教堂的房顶是我钉的，大门是我装上的——

赫　尔　哦，真的吗？那可是良好的表现。

普洛克托　也许我过分急于指责那个人啦，可是您不能认为我们曾经希望宗教毁灭。我想您有那种想法，对不对？

赫　尔　(没有完全让步)我嘛——先生，在记录上您可有个弱点，有个弱点。

伊丽莎白　我想也许我们对待巴里斯先生太严厉了。我想是这样的。可是我们这里确实从来也没有人热爱过魔鬼。

赫　尔　(点点头，仔细考虑这句话。接着用一个执行秘密测验的人那种声调说)您熟记十诫吗，伊丽莎白？

伊丽莎白　(毫不犹豫地，甚至急切地)当然熟记了。我生活当中没有什么可让人指责的，赫尔先生。我是个奉守戒律的基督徒。

赫　尔　您呐，先生？

普洛克托　（有点不自在）我——我当然也熟记，先生。

赫　尔　（对约翰和伊丽莎白的脸先后瞥一眼，然后说）那就请您背一下好吗？

普洛克托　十诫。

赫　尔　对。

普洛克托　（避开对方视线，开始冒汗）不可杀人。

赫　尔　对。

普洛克托　（数手指头）不可偷盗。不可贪他人之所有。不得造偶像。不得妄呼上帝之名。不得信奉其他的神。（有点犹豫）谨守安息日。（停顿）要孝敬父母。不可做假证陷害人。（他难住了，又数数手指头，知道缺了一条）不得造偶像。

赫　尔　这您说了两遍，先生。

普洛克托　（茫然）哦。（他尽力思索）

伊丽莎白　（轻声地）不可奸淫，约翰。

普洛克托　（好像一支暗箭射中了他的心窝）对。（试想一笑置之——对赫尔说）您看，先生，我们俩合到一块儿确实全都背得上来。（赫尔只盯视着普洛克托，很想辨清这个人。普洛克托显得更不自在）我觉得那只是一个小小的过失。

赫　尔　先生，基督教好比一个堡垒；堡垒上出现任何一个细小的裂缝都不能认为是小的。（他站起来，这当儿显得忧心忡忡。他默默沉思地踱了几步）

普洛克托　我们家里的确没有人热爱魔鬼，先生。

赫　尔　但愿如此，但愿如此。（他瞧着他俩，勉强露出一丝微笑，疑虑却很明显）就这样吧——我得走啦，晚安。

伊丽莎白　（无法克制自己）赫尔先生。（他转过身来）我真的感到您好像对我有点怀疑似的？是不是？

赫　尔　（显然不安——闪烁其词）普洛克托大嫂，我没有指责您。我的职责是尽力发扬法庭神圣的智慧。祝愿你们俩健康，幸福。（对约翰）晚安，先生。（他开始往外走）

伊丽莎白　（用一种绝望的声调说）我认为你应该告诉他，约翰。

赫　尔　告诉我什么？

伊丽莎白　（忍住喊叫）你难道不想告诉他吗？

［稍停。赫尔疑惑地瞧着约翰。

普洛克托　（勉强地）我——我没有证人，没法证明那件事，除非别人相信我说的话。可我知道那些姑娘犯病跟巫术一点关系都没有。

赫　尔　（站住，震惊）一点关系都没有——？

普洛克托　她们在树林里玩耍，让巴里斯先生发现了，因此吃了一惊就给吓病了。

［停顿。

赫　尔　谁跟您这样说的？

普洛克托　（犹豫一下才说）阿碧格·威廉斯。

赫　尔　阿碧格！

普洛克托　是。

赫　尔　（张大眼睛）阿碧格·威廉斯跟您说过这跟巫术一点关系都没有？

普洛克托　就在您来的那天，她亲口告诉我的，先生。

赫　尔　（怀疑地）那您为什么——为什么不早说出来啊？

普洛克托　我今天夜里才知道人间让这种胡闹搅得如此疯狂，不可收拾。

赫　尔　胡闹！先生，我亲自查问过蒂图芭、萨拉·古德和其他许多人，她们都坦白自己跟魔鬼打过交道。她们都忏悔了。

普洛克托　她们要是否认就要受到绞刑，那干吗要拒不承认呢？有些人怕受绞刑什么誓都肯发的，什么谎话都肯说的，这一点您难道就没想到过吗？

赫　尔　想到过。我——我确实想到过。（他有这种疑虑，却又想打消它。他朝伊丽莎白瞥一眼，又朝约翰瞥一眼）您——您能不能就这件事到法庭上去作证？

普洛克托　我——没有考虑要去法庭。但是需要我去，我就去。

赫　尔　您是不是有点犹豫？

普洛克托　我没什么可犹豫的，不过我怀疑我说的话在那样一个法庭里管不管用。这一点我确实怀疑，因为像您这样一位思想坚定的牧师都会对一个从来也没撒过谎，而且也不会撒谎的女人起疑心，我就不能不有所怀疑啦，人人都知道她不会撒谎！我可能有点犹豫，先生；我不是个傻瓜。

赫　尔　（平静地——普洛克托一席话感动了他）普洛克托，跟我开诚布公吧，因为我听到一个使我深感不安的谣传。据说您甚至不信人间有巫师。是不是这样，先生？

普洛克托　（明白这可是个非同小可的问题，尽量压制他对赫尔以及对自己回答这个问题的那种厌恶心情）我不清楚我说了些什么，我可能说过这种话。我对人间是不是真有巫师产生过怀疑——不过我不信他们现在来到我们中间。

赫　尔　那您是不相信——

普洛克托　这我不知道；圣经里谈到巫师，我并不想否认他们的存在。

赫　尔　您呐，大嫂？

伊丽莎白　我——我没法相信。

赫　尔　（吃惊地）没法相信！

普洛克托　伊丽莎白，你叫他感到为难！

伊丽莎白　（对赫尔）我没法相信像我这样一个耿直的女人，魔鬼会掌握她的灵魂。我是个规规矩矩的女人，这我心里有数；您要是相信我一方面在人间只做好事，一方面又暗中跟魔鬼勾结，那我就得告诉您，先生，我不信有这种可能。

赫　尔　可是，大嫂，您究竟相不相信有巫师存在？

伊丽莎白　您要是认为我是其中一个，那我就要说根本就没有什么巫师。

赫　尔　您当然不至于强烈反对福音吧，福音——

普洛克托　她信福音，句句都信！

伊丽莎白　至于福音，该去问阿碧格·威廉斯，而不是问我！

［赫尔盯视着她。

普洛克托　她没有怀疑福音的意思，先生，您不能往那方面想。我们这儿是个基督徒家庭，先生，基督徒的家。

赫　尔　主保佑你们；赶快给第三个孩子施洗礼吧，每个礼拜天你们都去教堂作安息日祈祷；并且保持你们的生活庄严而平静。我想——

［詹理斯·考莱出现在门口。

詹理斯　约翰！

普洛克托　詹理斯！出了什么事？

詹理斯　他们把我老伴儿逮走了。

［法兰西斯·诺斯上。

詹理斯　还有他的吕蓓卡！

普洛克托　（对法兰西斯）吕蓓卡进了监狱？

法兰西斯　嗯，契佛乘马车来把她押走了。我们刚从监狱回来，他们甚至不让我们进去看看她们。

伊丽莎白　他们现在可真的发疯了，赫尔先生！

法兰西斯　（走向赫尔）赫尔牧师！您能不能跟副总督说说？我敢保证他错抓了这些人——

赫　尔　请镇定，诺斯先生。

法兰西斯　我老伴儿正好比是这座教堂的砖瓦灰泥，赫尔先生。（指着詹理斯）还有玛莎·考莱，再也没有哪个女人比玛莎更信主啦。

赫　尔　吕蓓卡受到什么指控，诺斯先生？

法兰西斯　（嘲弄而冷淡地笑笑）她被控犯了谋杀罪！（嘲弄地引述逮捕令）"由于惊人而神奇地谋害了普特南太太的几个婴孩。"我该怎么办，赫尔先生？

赫　尔　（深感不安地转身避开法兰西斯，然后说）请相信我，诺斯先生，如果连吕蓓卡·诺斯的名誉都被玷污了，那就没有什么办法能制止这整个绿洲燃烧了。等待法庭的公正裁决吧；我相信法庭迟早会放她回家的。

法兰西斯　您别是说她要在法庭上受审！

赫　尔　（央求地）诺斯，我们尽管心碎，也不能退缩；这可是个新时期，先生。一种朦胧不清的阴谋正在十分狡猾地活动，我们如果还守着旧交情，不肯放弃以往的敬仰，就会犯罪的。我在法庭上见到了许多可怕的证据——魔鬼正活跃在萨勒姆；指控的手指不管指向哪里，我们都得追随而不得畏缩！

普洛克托　（愤怒地）那样一个善良的女人怎么可能谋杀小孩？

赫　尔　（极端痛苦地）老乡，要记住魔鬼堕落之前一个钟头，主还认为他在天堂里挺美呐。

詹理斯　我压根儿也没说过我老伴儿是个巫婆，赫尔先生；我只说她老爱看书罢了！

赫　尔　考莱先生，真正对你老伴儿的指控是什么？

詹理斯　是那个该死的狗杂种瓦尔考特指控她。您知道，四五年前他从我老伴儿手里买过一头猪，可是没过多久那头猪就死了。他就晃晃悠悠地跑来要收回猪钱。我的玛莎便对他说，“瓦尔考特，你要是连一头猪都喂不好，那就一辈子也甭想养活一大群了。”如今他告到法庭，愣说自打那天起他养的猪就没有一头能活过四个礼拜，这都是因为我的玛莎靠她的书向猪施了魔法！

［伊齐基尔·契佛上。一片震惊的沉默。

契　佛　晚上好，普洛克托。

普洛克托　怎么，契佛先生。晚上好。

契　佛　诸位晚上好。晚上好，赫尔先生。

普洛克托　我希望你不是来办法庭的差事吧。

契　佛　正是奉命而来，普洛克托。我现在是法庭的书记官，你要知道。

［哈里克警长上，他是个三十岁刚出头的人，这当儿显得有点羞怯。

詹理斯　真怪可惜的，伊齐基尔·契佛，一个老老实实的裁缝原本可以登天堂，现在只得下地狱，让烈火焚烧。你干这种事，早晚会让烈火烧身，你知道吗？

契　佛　你知道我得奉命办事。你明明知道嘛，詹理斯。我倒情愿你别把我送进地狱。这种话我不愿意听，我告诉你：我不愿意听。（他惧怕普洛克托，一只手慢慢伸进外套里层）请相信我，普洛克托，法律多么严正而沉重呵，今天晚上我确实承担着法律的全部分量。（他掏出一张拘捕令）这儿有一个拘捕你老婆的命令。

普洛克托　（对赫尔）你方才不是说她没有受到指控吗？

赫　尔　我对这事真是一点也不知道。(对契佛)她什么时候受到指控的?

契　佛　今天晚上有十六张拘捕状交到我手里，先生。她是其中之一。

普洛克托　谁控告她?

契　佛　阿碧格·威廉斯控告她。

普洛克托　有什么证据，什么证据?

契　佛　(环视屋内四处)普洛克托先生，我不能久留。法庭命令我搜查你的家，可我又不愿意那样干。所以，干脆请你把你老婆收存在家里的布娃娃全都交给我；行不行?

普洛克托　布娃娃?

伊丽莎白　我压根儿就不存什么布娃娃，只在小时候玩过。

契　佛　(困窘，朝壁炉台上瞥一眼，那上面正放着玛丽·沃伦做的那个布娃娃)可我却查到了一个布娃娃，普洛克托大嫂。

伊丽莎白　瞎!(去拿它)哎呀，这是玛丽的。

契　佛　(惭愧地)能把它交给我吗?

伊丽莎白　(交给他，问赫尔)难道法庭如今在布娃娃身上发现了一段经文吗?

契　佛　(小心翼翼地拿着布娃娃)屋里还有别的吗?

普洛克托　没有了,这个也是今天晚上才有的。布娃娃说明什么问题?

契　佛　呃,布娃娃嘛——(他小心谨慎地把布娃娃翻个个儿)——布娃娃也许说明——现在,伊丽莎白,跟我走一趟吧!

普洛克托　不行!(对伊丽莎白)去把玛丽叫来。

契　佛　(朝伊丽莎白笨手笨脚地走去)不,不,我不许她从我眼前走开。

普洛克托　(推开他的胳臂)放她去,用不着你管她,先生。去把玛丽叫来,伊丽莎白。(伊丽莎白上楼)

赫　尔　布娃娃说明什么问题,契佛先生?

契　佛　(把布娃娃倒转过来)呃,他们说布娃娃也许说明她——(他撩起布娃娃的裙子,极为恐惧地张大眼睛)哎哟,瞧这个,这个——

普洛克托　(去看那个布娃娃)那儿有什么?

契　佛　哎哟,(他从布娃娃身上揪出一根长针)是根针！哈里克，哈里克，是根针！

［哈里克朝他走去。

普洛克托　（困惑而生气地）一根针又说明了什么！

契　佛　（两手哆里哆嗦）哎呀，这可对她大不利啦，普洛克托，这——我原来也不信，普洛克托，原来也不信，可现在真是大祸临头喽。（对赫尔，指着针）您瞧，先生，是根针！

赫　尔　怎么？这里面难道有什么名堂吗？

契　佛　（浑身颤抖，张着大眼）那个姑娘，威廉斯家的闺女，阿碧格·威廉斯，先生。她方才在巴里斯牧师家里吃晚饭，忽然间一句话没说，也事先没有什么预兆就跌倒在地。巴里斯牧师说她就像一头被扎伤的野兽那样扯起嗓门嘶哇乱叫，连一头公牛听见都会掉眼泪的。他连忙过去救她，从她肚子上拔出一根扎进二寸多深的针来。接着便问她怎么会挨扎的，她（这时冲普洛克托说）她断言是你老婆使唤的妖精扎进去的。

普洛克托　胡说八道，明明是她自个儿干的！（对赫尔说）我希望您不会把这个当作证据，先生！

［赫尔被这个证据吓住了，沉默不语。

契　佛　这可真是铁证如山！（对赫尔说）我到这儿来是搜寻普洛克托大嫂收存的布娃娃。我真的找到了，先生。而且这个布娃娃的肚子上也扎着一根针。跟你说实话吧，普洛克托，我压根儿就没敢保证会见到这样的魔鬼证据，请你不要阻挠，因为我——

［伊丽莎白同玛丽·沃伦上。普洛克托一见到玛丽就把她拽到赫尔身前。

普洛克托　听我说，玛丽！这个布娃娃是怎么进到我家来的？

玛丽·沃伦　（惊恐不安，声音很轻）什么布娃娃，先生？

普洛克托　（不耐烦地指着契佛手里那个布娃娃）就是这个布娃娃，这个布娃娃。

玛丽·沃伦　（躲躲闪闪地瞧着它）怎么，我——我想这是我的。

普洛克托　是你的布娃娃，是不是？

玛丽·沃伦　（不明白这句话的意图）是啊，先生。

普洛克托　它是怎么进我家门的？

玛丽·沃伦　（看看众人急不可待的神情）哎呀——这

是我在法庭里做的啊，先生——今天晚上，我把它送给了普洛克托大娘。

普洛克托 （对赫尔）喏，先生，听见了没有？

赫 尔 玛丽·沃伦，我们从这个布娃娃身上找到了一根针。

玛丽·沃伦 （困惑不解地）咦，我这样做并没有什么歹意啊，先生。

普洛克托 （急忙）是你自己扎的这根针吗？

玛丽·沃伦 我——我想是我扎的，先生，我——

普洛克托 （对赫尔）现在您还有什么话说？

赫 尔 （紧紧盯视着玛丽·沃伦）姑娘，你敢保证没记错吗？没准儿现在还有人向你要弄魔法，叫你这样瞎说？

玛丽·沃伦 向我要弄魔法？哎呀，没有，先生，我觉得我清醒得很，您不信去问苏珊娜·瓦尔考特——她看见我在法庭里缝这个玩意儿了。（更进一步）去问阿碧也行，我缝的时候，她就坐在我的身边。

普洛克托 （对赫尔说，意指契佛）叫他走吧。您现在总该想通了吧。叫他滚蛋，赫尔先生。

伊丽莎白 一根针又能说明什么问题？

赫　尔　玛丽——别人指控有人冷酷而残忍地谋杀阿碧格。

玛丽·沃伦　谋杀！我没有——

赫　尔　阿碧格今天夜里被扎伤了；在她肚子上发现扎着一根针——

伊丽莎白　她是指控我吗？

赫　尔　对！

伊丽莎白　（惊吓得喘不过气来）怎么——！这个丫头在杀人呐！真得把她撕扯出这个世界啦！

契　佛　（指着伊丽莎白）您听见了吧，先生！撕扯出这个世界！哈里克，你听见了吧！

普洛克托　（突然从契佛手里夺过那张拘捕令）给我滚出去！

契　佛　普洛克托，你胆敢碰坏这张拘捕令。

普洛克托　（把拘捕令扯碎）滚你妈的蛋！

契　佛　你竟敢把副总督的拘捕令撕碎，好小子！

普洛克托　去他妈的副总督！滚出去！

赫　尔　听我说，普洛克托，普洛克托！

普洛克托　您也跟他们一块儿走吧！您是个精神潦倒的牧师。

赫　尔　普洛克托，她要是清白无辜，法庭就会——

普洛克托　她要是清白无辜！你为什么从来也没怀疑过巴里斯是不是清白的，阿碧格是不是清白的？难道现在起诉人一贯是神圣的吗？他们今天早晨一下子变得跟上帝的手指一般洁净吗？我告诉你什么在萨勒姆作祟——是报复，报复在萨勒姆作祟。我们萨勒姆人过去是什么样，现在还是什么样，可是现在那帮发了疯的娃娃吵吵嚷嚷地发出天国的调调儿，普遍的报复竟然成了法律！这张拘捕令就是报复！我不让我的老婆去受别人的报复！

伊丽莎白　我去，约翰——

普洛克托　你不能去！

哈里克　我外面可有九条汉子呐。你阻挡不了！我得执行法律，约翰，手下不能留情。

普洛克托　（对赫尔，打算使他动摇）您愿意看到她被逮捕吗？

赫　尔　普洛克托，法庭会公正——

普洛克托　本丢·彼拉多[1]！主不会容许您洗手推卸罪责的！

伊丽莎白　约翰——我想我得跟他们去一趟。（他不忍心看她）玛丽，面包还够明天早上一顿的；明天下午再烤点新的。好好帮助普洛克托先生，就把你当作他的女儿吧——你欠我这份情，比这还要厚的情呐。（她竭力忍住不哭。对普洛克托）孩子醒了，别跟他们提什么巫术——那会把他们吓住。（她说不下去了）

普洛克托　我会想法搭救你回家。很快就把你救出来。

伊丽莎白　约翰，尽快救我出来吧！

普洛克托　我会像滚滚翻腾的大海那样冲向法庭！无所畏惧，伊丽莎白！

伊丽莎白　（十分恐惧地）我也无所畏惧。（她环视一下房间，好像在打定这个主意似的）告诉孩子就说我去看望一位病人。

［她走出大门，哈里克和契佛跟随在

---

① Pontius Pilate，受罗马帝国之命审判耶稣的行政长官，后在耶稣受刑前用水洗手，以表示自己与耶稣之死无关。此后他被当作推卸责任的伪君子典型。

后。普洛克托站在门口张望。从外面传来手铐当啷的响声。

普洛克托　哈里克！哈里克！不许铐她！（他奔出大门。在外边嚷道）你这个混账家伙，不许铐她！松开她！我不许你们这样做！不许你们铐她！

［传来另外几个男人反驳他的声音。赫尔惴惴不安，从门口转过身来不忍再看下去；玛丽·沃伦突然落泪，坐下哭泣。詹理斯·考莱冲赫尔大声叫唤。

詹理斯　还保持沉默吗，牧师？这是一场骗局，您明明知道这是骗局！还等什么呐，呃？

［哈里克和两名帮手半撑半推地把普洛克托推进屋子。

普洛克托　我要跟你算账，哈里克，我不会饶恕你的！我一定要跟你算这笔账！

哈里克　（喘着气）凭着上帝的名义，约翰，我这是没法子呀。我必得把她们都铐起来。在我走之前别再出来捣乱！（他和他的帮手走出去）

［普洛克托站在那里，气得上气不接下气。从外面传来几匹马拖一辆马车辘辘驶走的响声。

赫　尔　（甚感不安）普洛克托先生——

普洛克托　躲开我！

赫　尔　宽容吧，普洛克托，宽容吧。凡是我听到有关伊丽莎白的好话，我不怕到法庭去给她作证。主帮助我，我不能判断她有罪还是清白无辜——我真的搞不清楚。想想看：人们都发疯了，你把这事归咎于一个小姑娘的报复行动也根本无济于事。

普洛克托　你是个胆小鬼！虽然你被委任为牧师，你现在还是个胆小鬼！

赫　尔　普洛克托，我不认为这样区区一件小事会如此激怒上帝。想想看，监狱里已经关满了人——最了不起的法官在坐镇萨勒姆——而且口口声声要判处罪犯绞刑。老乡们，我们应该追究这事的真正起因。也许真有谋杀而从来也没被揭露？或许是出于报复？或许是暗中有些亵渎神明的臭气熏天的事？我们一起来想一想起因，老乡们，你们都来帮助我把起因找出来吧。因为人间出现如此混乱的时刻，你们有办法找到原因，相信这一点，你们自己有办法。（他走向詹理斯和法兰西斯）你们一块儿考虑一下吧；想一想你们的乡镇出了什么可能惹怒天庭的事，使他向你们大家降下这样的雷霆震怒。我会祈祷上帝让我们大彻大悟。

［赫尔下。

法兰西斯 （赫尔那种情绪感动了他）可我压根儿也没听说萨勒姆出过谋杀案啊。

普洛克托 （也听到了赫尔那一番话）回去吧，法兰西斯，回去吧。

詹理斯 （颤栗）约翰——告诉我，咱们是不是迷失了路途？

普洛克托 回家去吧，詹理斯。咱们明天再谈。

詹理斯 你好好想一想。我们明天一早就来，好不好？

普洛克托 嗯。走吧，詹理斯。

詹理斯 那就再见。

［詹理斯和法兰西斯下。过了片刻。

玛丽·沃伦 （用一种怯生生的尖声说）普洛克托先生，他们一旦得到适当的证据，就很可能放她回家的。

普洛克托　玛丽，你和我，咱们俩得到法庭去一次，把真相向他们说清楚。

玛丽·沃伦　我不能指控阿碧格犯谋杀罪。

普洛克托　（朝她威胁地走去）你告诉法庭这个布娃娃是怎样进到我家来的，是谁在上面扎了那根针。

玛丽·沃伦　我要是说出来，阿碧格会宰了我的！（普洛克托继续朝她走去）阿碧格会控告您犯了奸淫罪，普洛克托先生。

普洛克托　（站住）她告诉你的？

玛丽·沃伦　我早就知道，先生。她会拿这件事叫您身败名裂，我知道她会的。

普洛克托　（踌躇，而且痛恨自己）那样一来，她那副圣洁的样儿也就一块儿完蛋啦。（玛丽朝后倒退躲他）我跟她，我们俩得一块下地狱；而你呢，还是得到法庭上把这一切向他们说清楚！

玛丽·沃伦　（恐惧）我不能，她们会对我翻脸——

［普洛克托大步跨过去抓住她，她一个劲儿喊道，“我不能，我不能！”

普洛克托　我老婆决不能受我连累而死！我会让你鼓起

勇气来说的，那个善良的女人不应该受我连累而死！

玛丽·沃伦 （试想挣脱他）我不能那样做，我不能啊！

普洛克托 （抓住她的脖子，仿佛要把她掐死）住口！上帝和魔鬼正在我们的脊梁背上搏斗，我们原来的一切伪装都给剥去了——别哭啦！（他把她摔倒在地，她呜咽道，“我不能啊，我不能啊……”这当儿，他瞪着两眼，转身冲着那扇敞开的门，自言自语道）安静！这全是天意，没有大的变化；我们还是原来那样儿，只不过现在个个暴露了自己的真面目。（他仿佛在朝一个十分恐怖的境地走去，面对户外黑夜的天空）对，个个暴露了真面目！狂风，上帝的刺骨的寒风，就要刮起来喽！

［玛丽一个劲儿在呜咽，“我不能啊，我不能啊，我不能啊。”

幕　落

第三幕

萨勒姆教友会堂的事务室，现在作为普通法院的接待室。

幕启时，室内无人，阳光通过后墙上的两扇高窗户洒进来。这间房间挺庄严，甚至令人生畏。沉重的房梁突了出来，墙是七零八碎的宽木板拼凑起来的。右边有两扇通往会堂大厅的门，法官正在里面审案。左边有一扇通向户外的门。

左右两边各有一条普通的长板凳。舞台中间有一张挺长的会议桌，四周围着一些矮凳和一把相当大的扶手椅。

通过右边的隔墙，我们可以听见哈桑法官正在审讯的声音，接着是一个女人——玛莎·考莱答话的声音。

哈桑的声音　玛莎·考莱，我们现在掌握了大量证据说明你专爱读那些邪魔歪道的书。这点你否认吗？

玛莎·考莱的声音　我可不是巫婆。我不知道什么是巫婆。

哈桑的声音　你怎么知道你不是一个巫婆呢？

玛莎·考莱的声音　我如果是就会知道。

哈桑的声音　你为什么要伤害那些孩子？

玛莎·考莱的声音　我没有伤害他们。我才不干那种下贱事！

詹理斯的声音　（吼叫）这一点我可以向法庭给她作证！

［扬起一阵老百姓骚动的声音。

丹佛斯的声音　你坐下！

詹理斯的声音　是托马斯·普特南在伸爪子抢夺别人的土地呐！

丹佛斯的声音　把那个家伙带出去，警长！

詹理斯的声音　你们在听信假话，假话！

［又响起一阵人群的喧嚣声。

哈桑的声音　把他抓起来，阁下！

詹理斯的声音　我有证据。你们干吗不听一听我的证言？

［门开了，哈里克把詹理斯半搡半揪地拖进这间事务室。

詹理斯　放手，你这个混蛋，放开我！

哈里克　詹理斯！詹理斯！

詹理斯　别拦着我，哈里克！我有证据——

哈里克　你不许再进去，詹理斯；那是法庭！

［赫尔从法庭里出来。

赫　尔　请安静一下。

詹理斯　赫尔先生，您进去请他们容许我讲话！

赫　尔　等一下，先生，等一下。

詹理斯　他们就要把我的老伴儿绞死啦！

［哈桑法官上。他六十多岁，是个严酷无情的萨勒姆镇法官。

哈　桑　你怎么竟敢这样无法无天地大闹公堂！你疯了不成，考莱？

詹理斯　哈桑，你可还没高升为一名波士顿法官呐。你没资格说我发疯！

[丹佛斯副总督上，后面跟着伊齐基尔·契佛和巴里斯。他一出现，场上就静下来。丹佛斯是个六十来岁、神情严肃的人，带点幽默，还有点世故，但这并没有妨碍他严格忠于自己的职守。他朝詹理斯走去，后者正等着他发脾气。

丹佛斯 （直勾勾地瞧着詹理斯）这个老家伙是谁？

巴里斯 詹理斯·考莱，先生，是个爱吵架的——

詹理斯 （对巴里斯）他是在问我呐；我活到这么大岁数，自个儿会回答！（丹佛斯给他的印象不错，他挤出点笑容，对丹佛斯说）我姓考莱，大人，詹理斯·考莱。家有六百亩田地，外带些树林。你们现在定罪的是我的老伴儿。（他指着法庭）

丹佛斯 你认为这样乱吵乱闹一通就会对她有利吗？走吧。要不看在你这么大年纪的分儿上，我们早就把你关起来啦。

詹理斯 （央求起来）他们在造我老伴儿的谣言，大人，我——

丹佛斯 你认为应该由你来决定这个法庭该信什么，不该信什么吗?

詹理斯　我们并非不尊重——

丹佛斯　太不尊重了! 简直是破坏，先生。这是本州最高当局的最高法院，你知道吗?

詹理斯　(哭了)大人，我只说过她常在家里看书，大人，他们就来到我家，把她押走了——

丹佛斯　(迷惑不解地)书，什么书?

詹理斯　(一边情不自禁地呜咽，一边说)她是我的第三个老婆，大人；前面两个都没有像她那样爱看书，我只想找出原因来，并没有怪她是巫婆。(他哭出声来)我害了我的老伴，我对不起她。(他惭愧得用手捂住脸。丹佛斯彬彬有礼地沉默不语)

赫　尔　阁下，他提出了有力的证据给他的老伴儿辩护。我觉得为了公正起见，您应该——

丹佛斯　那就让他用正规的保证书形式把他的证据提交上来。您当然了解这里的手续，赫尔先生。(对哈里克)把不相干的人都打发走。

哈里克　走吧，詹理斯。(他把考莱轻轻推出去)

法兰西斯　我们都绝望了，大人；来这儿三天，居然没人肯听我们说一句话。

丹佛斯　这人是谁？

法兰西斯　法兰西斯·诺斯，大人。

赫　尔　他老伴儿吕蓓卡今天早上给判了刑。

丹佛斯　对！我奇怪会看到你这样无理取闹。我听说你一向品质蛮好嘛，诺斯先生。

哈　桑　我认为这两个家伙都应该以藐视法庭的罪名给扣押起来，先生。

丹佛斯　（对法兰西斯）把你的申诉写上来，到时候我会——

法兰西斯　大人，我们有证据可以给您看；主不容您闭眼不看。那些丫头，大人，那些丫头是一伙骗子。

丹佛斯　什么？

法兰西斯　我们拿得出证据，大人。她们都在欺骗您哪。

［丹佛斯大吃一惊，仔细打量法兰西斯。

哈　桑　这简直是藐视，先生，藐视！

丹佛斯　安静，哈桑法官。你知道我是谁吗，诺斯先生？

法兰西斯　当然知道，大人，您能到今天这个分儿上，想必是个聪明的法官。

丹佛斯　你可知道从马布尔黑德到林恩这一带差不多已经有四百人坐了牢，这都是经我亲手签字抓起来的？

法兰西斯 我——

丹佛斯 而且其中已经有七十二人经我签字判处了绞刑，你知道吗？

法兰西斯 我可万没料到会把这事说给一位手里有这么大权的法官听，不过您千真万确受了骗。

［詹理斯·考莱从左边上。众人都转身瞧着他把玛丽·沃伦和普洛克托领进来。玛丽一直低头瞧地，普洛克托搀着她，仿佛她快要瘫倒似的。

巴里斯 （一看到她，吃了一惊）玛丽·沃伦！（他径直朝她走去，紧盯着她的脸）你来这儿干什么？

普洛克托 （轻轻而袒护地把巴里斯从她身旁推开）她有话要跟副总督说。

丹佛斯 （对此感到惊讶，转向哈里克）你不是跟我说她卧病在床吗？

哈里克 没错儿，大人。上礼拜我去接她来法庭，她说她病了。

詹理斯 整整一个礼拜她一直在跟她的良心斗，拿不定主意，大人；现在她想通了，前来跟您说明事实真相。

丹佛斯　这人是谁？

普洛克托　我叫约翰·普洛克托，先生。伊丽莎白是我的老婆。

巴里斯　对这个家伙可要当心，先生，他是个捣蛋鬼。

赫　尔　（激动地）我认为您应该听一听这个姑娘要说的话，先生，她——

丹佛斯　（变得对玛丽·沃伦很感兴趣，朝赫尔只扬了一下手）安静。你要跟我说什么啊，玛丽·沃伦？

［普洛克托瞧着她，可她说不出话来。

普洛克托　她压根儿也没见过什么妖魔鬼怪，先生。

丹佛斯　（大为惊讶地对玛丽说）压根儿也没见过妖魔鬼怪！

詹理斯　（带劲地）压根儿也没见过。

普洛克托　（一只手伸进他的外衣口袋）她在一张作证书上签了名，先生——

丹佛斯　（当即）不，不，我不接受什么作证书。（他心里马上在合计这件事；他撇下玛丽，转向普洛克托）告诉我，普洛克托先生，你有没有在乡镇里宣扬这件事？

普洛克托　没有。

巴里斯　他们是来颠覆这个法庭的，先生！这个家伙是——

丹佛斯　请不要插嘴，巴里斯先生。普洛克托先生，政府在这场审判当中所依据的整个论点就是上帝的声音正通过孩子们的嘴发出来，这你知道吗？

普洛克托　这我知道，先生。

丹佛斯　（一边思索，一边盯视着普洛克托，接着转向玛丽·沃伦）还有你，玛丽·沃伦，那你当初为什么指控有人撒出精灵鬼怪威胁过你呢？

玛丽·沃伦　那是装着玩儿的，先生。

丹佛斯　什么？我没听清楚。

普洛克托　她说那是装着玩儿的，先生。

丹佛斯　啊？那别的姑娘呢？苏珊娜·瓦尔考特，还有别的姑娘？难道她们都是装着玩儿吗？

玛丽·沃伦　都是的，先生。

丹佛斯　（张大两眼）这可怪了！（停顿。他困窘不堪。他转身仔细端详普洛克托的脸）

巴里斯　（冒汗）阁下，您当然不至于让这种恶毒的谎言在法庭上传播吧！

丹佛斯　当然不会，但是这个丫头胆敢来这里讲这种骗人的鬼话，确实叫我吃惊不小。现在，普洛克托先生，我在决定是否听你申诉之前，有责任要跟你先讲清楚。我们这儿点着熊熊烈火，一切假话都会给熔化掉的，经不住考验的。

普洛克托　这我知道，先生。

丹佛斯　听我往下说。我很了解做丈夫的为了维护自己的妻子，他那股深情会叫他什么事都干得出来的。先生，你良心上确实相信你的证据真实可靠吗？

普洛克托　没错儿。您也肯定会理解的。

丹佛斯　你想把这料想不到的事在法庭上当众宣布吗？

普洛克托　我倒有这种打算——如果您同意的话。

丹佛斯　（眯起眼睛）嗯，先生，你这样做，目的何在呢？

普洛克托　呃，我——我想救出我的老婆，先生。

丹佛斯　在你心里没有潜伏着，灵魂里没有隐藏着，任何想破坏本法庭的念头吗？

普洛克托　（有点支支吾吾）怎么，当然没有，先生。

契　佛　（清清嗓子，提醒道）我——阁下。

丹佛斯　契佛先生。

契　佛　我觉得我有责任向您说明一下，先生——（客客气气地对普洛克托说）你不会赖掉吧，约翰。（对丹佛斯说）我们去抓他老婆的时候，他诅咒法庭，而且还把您的拘捕令撕得粉粉碎。

巴里斯　您听见了没有！

丹佛斯　好大的胆子，他真那样干了吗，赫尔先生？

赫　尔　（叹口气）唉，他干了。

普洛克托　那是出于一时气愤，先生。我也闹不清自己干了什么。

丹佛斯　（仔细打量他）普洛克托先生。

普洛克托　是，先生。

丹佛斯　（紧盯着他的眼睛）你有没有见过魔鬼？

普洛克托　没有，先生。

丹佛斯　你处处表现自己是个信福音的基督徒吗？

普洛克托　是的，先生。

巴里斯　这样的教徒，一个月难得去一次教堂！

丹佛斯　（克制而好奇地）不去教堂？

普洛克托　我——我不喜欢巴里斯先生。这不是什么秘密。可我当然敬爱上帝。

契　佛　他礼拜天安息日也种地，先生。

丹佛斯　礼拜天也种地！

契　佛　（辩解地）我认为这是个证据，约翰。我是法庭的官儿，不能隐瞒这件事。

普洛克托　我——我有过那么一两次礼拜天也种种地。我有三个孩子要养活，我的那块地直到去年都歉收。

詹理斯　要是追究起来，您会发现好多别的基督徒也都在礼拜天种地。

赫　尔　阁下，我觉得您不能拿这种证据来判断这个人。

丹佛斯　我并没有在做什么判断。（停顿。他一直端详着普洛克托，后者也尽量在跟他面面相觑）恕我直言，先生——我在这个法庭见到不少稀奇古怪的事。我亲眼看到精灵鬼怪掐人的脖子；我看到他们遭到针扎，匕首砍伤。我直到现在没有一丁点理由怀疑那些孩子会在欺骗我。你明白我的意思吗？

普洛克托　阁下，这些女人当中有那么多位久享正直的名声，这一点难道您就没想到过吗，而且——

巴里斯　普洛克托先生，你读不读福音书？

普洛克托　当然读。

巴里斯　我认为你根本就没读，要不然你准会知道该隐也是个正直的人，可他确实把他的弟弟亚伯杀死了。

普洛克托　对，主告诉过我们那件事。（对丹佛斯）可谁告诉我们吕蓓卡·诺斯放出她的精灵鬼怪谋害了七个娃娃呢？只有那些姑娘在那样胡说八道，现在这个姑娘愿意发誓她向您撒了谎。

［丹佛斯考虑了一下，然后招手叫哈桑过来。哈桑凑过去，丹佛斯跟他咬耳朵，后者点点头。

哈　桑　是，就是那个女人。

丹佛斯　普洛克托先生，今天早晨，你的老婆递上来一份申请书，说她怀孕了。

普洛克托　我老婆怀孕了！

丹佛斯　眼下从外表上还看不出来——我们已经叫大夫给她作了检查。

普洛克托　可她要是说怀孕了，那肯定是真的！那女人从来也不会撒谎，丹佛斯先生。

丹佛斯　她从来也不会吗？

普洛克托　从来也不会，先生，从来也不会。

丹佛斯　我们认为这件事未免太凑巧了，叫人难以相信。不过，我可以告诉你，我准备对她缓刑一个月，到时候她露出苗头确实怀孕了，就可以再多活一年，等她把孩子养下来——你对这样做还有什么话可说？（约翰·普洛克托激动得说不出话来）好啦，你说你就是为了救你老婆。那么，好吧，她至少可以再多活一年，一年的日子也不算短嘛。怎么样，先生？就这样说定了。（普洛克托内心斗争激烈，朝法兰西斯和詹理斯瞥一眼）你能不能就此放弃这项申诉？

普洛克托　我——我想我不能放弃。

丹佛斯　（声调略显严厉）那想必你还有更大的企图啰。

巴里斯　他是来颠覆这个法庭的，阁下。

普洛克托　这些人都是我的朋友。他们的老婆也被控——

丹佛斯　（突然爽快地）好啦，我不责备你，先生。我准备听你的申诉。

普洛克托　我不是来危害法庭，我只是——

丹佛斯　（打断他的话）警长，去法庭请斯图顿法官和赛维尔法官宣布休庭一个小时。如果他们愿意的话，就让他们去饭馆吃饭。证人和犯人全部留下，一个也不许离开。

哈里克　是，大人。（十分恭敬地）恕我多一句嘴，大人。我一向很了解这个人。他是个好人，大人。

丹佛斯　（厌烦别人提醒他）这我晓得，警长。（哈里克点点头退下）好吧，普洛克托先生，你要向我们提供什么证据？请说得简洁些，而且要坦率诚实。

普洛克托　（一边掏出几张纸，一边说）我不是律师，所以我——

丹佛斯　一个人心地纯洁就用不着律师。请说吧。

普洛克托　（交给丹佛斯一张纸）这个请您先过一下目，先生。一份作证之类的声明书。大家在上面签了名，声明他们对吕蓓卡啦，我老婆啦，还有玛莎·考莱评价都很好。（丹佛斯低头看那张纸）

巴里斯　（想招丹佛斯嘲笑）哼，评价都很好！（可是丹佛斯没有答理他，继续往下看，普洛克托受到了鼓舞）

普洛克托　这些都是家有田产的庄稼人，个个信仰基督教。（敏感地，尽量想指出其中一段话）请您注意，先生——他们认识这些女人已经有好多年了，从来也没见过她们跟魔鬼打过交道。

［巴里斯神经紧张地走过去，站在丹佛斯身后瞧那张纸。

丹佛斯　（看一张挺长的名单）这里一共有多少人的名字？

法兰西斯　九十一位，大人。

巴里斯　（出汗）应该把这些人都传来。（丹佛斯疑惑地抬头瞧他）审问一下。

法兰西斯　（气得直哆嗦）丹佛斯先生，我向他们保证过签这个不会给他们招来什么麻烦。

巴里斯　这是对法庭的一次明目张胆的攻击！

赫　尔　（尽量克制自己，对巴里斯）难道每一次辩护都是对法庭的一次攻击吗？难道不许人——？

巴里斯　凡是清白的基督徒个个都对萨勒姆法庭的审判感到高兴！单单这些人却感到忧虑。（直截了当地对丹佛斯说）我认为您应该挨个儿审问他们到底有什么地方对您不满！

哈　桑　我也认为应该审查他们，先生。

丹佛斯　我觉得这未必是一次攻击。不过嘛——

法兰西斯　这些人都是奉守戒律的基督徒，先生。

丹佛斯　那么，我相信他们大概都无所畏惧啦。（把那张纸交给契佛）契佛先生，给他们人人下一张拘捕令——统统给我抓起来听候审查。（对普洛克托）现在，先生，您还有什么情况要讲给我们听吗？（法兰西斯惊恐万分，依然站在那里）诺斯先生，你可以坐下。

法兰西斯　我给这些乡亲招来了麻烦；我给——

丹佛斯　哪里哪里，老头儿，这些人要是问心无愧，你就没有伤害他们。不过，你应该明白，先生，一个人要么站在维护法庭这一边，要么就必然给算在反对派那一边，中间道路是没有的。当前是个斗争尖锐的时刻，一个严守教规的时刻——我们不再是生活在那种恶搀混在善里迷惑世人的暗淡黄昏时刻。现在，蒙上帝的恩赐，灿烂的太阳升起来了，不畏惧光辉的人肯定都会赞颂它。我希望你也是这样的一位。（玛丽·沃伦蓦地哽咽起来）我看她好像不大舒服。

普洛克托　对，她是有点不大舒服，先生。（弯腰拉住玛丽的手，轻声说）记住天使拉斐尔对小伙子多比亚司说的话。记住。

玛丽·沃伦　（声音很低地）嗯。

普洛克托　"多行善事，于你无害。"[1]

玛丽·沃伦　嗯。

丹佛斯　还有什么事，说吧，我们等着呐。

［哈里克警长返回，站在门口他的岗位上。

詹理斯　约翰，把你的作证书交给他吧。

普洛克托　好。（他把另一张纸交给丹佛斯）这是考莱先生写的作证书。

丹佛斯　哦？（他低头看。哈桑走到他身后，跟他一块儿看）

哈　桑　（疑惑地）哪位律师写的，考莱？

詹理斯　你分明知道我这一辈子从来也没雇用过律师，哈桑。

丹佛斯　（阅毕）词儿用得很不赖嘛。我祝贺你。巴里斯先生，去看看普特南先生要是在法庭里，就请把他领进来，好吗？（哈桑接过那张纸，走向窗前。巴里斯走进法庭）你没有受过法律训练，考莱先生？

---

① 出自基督教伪经。

詹理斯　（很得意）我啊，受过最好的训练，大人——一辈子进了三十三趟法院，而且每次都是原告。

丹佛斯　哦，那你上了别人不少次当喽。

詹理斯　我从来没上过当，大人；我知道我的权利，而且会想法儿得到。您知道，令尊大人还审理过一次我告的状呢——我想大概是在三十五年前吧。

丹佛斯　真的吗？

詹理斯　他没跟您提起过？

丹佛斯　没有，我不记得。

詹理斯　那可怪了，他当时判处被告赔偿我九镑钱呐。令尊大人可是个好法官。您知道，我那当儿有一匹白色的母马，那个家伙来借那匹马（巴里斯和托马斯·普特南走进来。詹理斯一看到普特南就沉不住气了；他态度强硬起来）喏，就是他！

丹佛斯　普特南先生，我这儿接到考莱先生控告您的一份状子。他说您阴险毒辣地怂恿您的女儿诬告如今关在牢里的乔治·雅各布是个巫师。

普特南　纯粹是胡扯。

丹佛斯　（转向詹理斯）普特南先生说你的控告是胡扯。你对这有什么话可说？

詹理斯　（发火，攥起拳头）我要说托马斯·普特南是个无赖！

丹佛斯　你递上这个状子，有什么真凭实据吗，先生？

詹理斯　真凭实据就在那上面！（指着那张状子）雅各布如果因为是巫师而被绞死，他的产业就会给没收——这是法律！这样一来，除了普特南，别人谁也没钱能把那么一大片土地买过去。这个家伙想并吞邻居的土地，正在下毒手呐！

丹佛斯　可是拿出证据来，先生，证据。

詹理斯　（指着他那份作证书）证据就在那上面！我是从一个老实巴交的人嘴里听来的，他听见普特南亲口说过！就在他姑娘诬告雅各布那天，普特南说他的丫头送给他一大片土地，真可说是一份挺不错的礼物咧。

哈　桑　那人叫什么名字？

詹理斯　（吃惊地）什么名字？

哈　桑　给你递消息的那个人。

詹理斯　（犹豫一下，然后说）我——我不能把他的名字说出来。

哈　桑　为什么？

詹理斯　（又犹豫一下，接着大声喊道）您知道得很清楚为啥不能说！我要是说出来，他就得蹲监牢！

哈　桑　这是对法庭的藐视，丹佛斯先生！

丹佛斯　（避开那一点）你当然会告诉我们那个人的名字啦。

詹理斯　我可不再向你们提出名字。上回我提了一次我老伴儿的名字，就已经够我在地狱里受尽煎熬了。我不说。

丹佛斯　既然如此，我没有别的法子可想，只有判你藐视法庭罪，把你抓起来，这你明白吗？

詹理斯　这儿是听取申诉的场合，您不能因为我藐视一次听审而立刻把我关进牢里。

丹佛斯　嚯，可真是个了不起的律师啊！你打算让我马上在这儿开庭，还是乖乖回答？

詹理斯　（支支吾吾地）我不能再向您透露名字，免得连累别人，大人，我不能说。

丹佛斯　你可真是个老混蛋。契佛先生，开始做记录。现在正式开庭。我问你，考莱先生——

普洛克托　（插嘴道）阁下——他答应保密才听说这件事的，先生，而且他——

巴里斯　魔鬼就在这种保密的情况下生存！（对丹佛斯）不保密就不可能有阴谋，阁下！

哈　桑　我认为应该把它揭露出来。

丹佛斯　（对詹理斯）老头儿，向你递消息的那个家伙如果说的是真话，就让他像个体面人儿那样正大光明地到这儿来公开露露面。可他想隐名埋姓，暗藏起来，我就要问一个为什么。现在，政府当局和教会勒令你把那个告托马斯·普特南先生是谋杀犯的人姓什么叫什么老老实实交待出来。

赫　尔　阁下——

丹佛斯　赫尔先生。

赫　尔　我们可不能再不顾事实啦。乡镇里出现一种对这个法庭极大的恐惧心理——

丹佛斯　那就是说乡镇里出现一种极大的罪恶。你莫非害怕这里的审讯？

赫　尔　我只畏惧上帝，阁下；不管怎么说，乡镇里确实人心惶惶。

丹佛斯　（发火了）别拿什么乡镇里的恐惧来责怪我；乡镇里人心惶惶，那是因为这里有一项颠覆基督的阴谋正在暗地里活动！

赫　尔　那也不能说每一个被指控的人都有份。

丹佛斯　堕落的人才会怕这个法庭，赫尔先生！否则就不怕！（对詹理斯）你犯了藐视法庭罪，我们得把你拘留起来。现在坐下好好想想，你除非决定回答一切问题，否则这个牢就得坐下去。

［詹理斯朝普特南猛扑过去。普洛克托一个箭步把他拦住。

普洛克托　别这样，詹理斯！

詹理斯　（越过普洛克托的肩膀冲普特南破口大骂）我要切断你的脖子，普特南，我要宰了你！

普洛克托　（压他坐在一把椅子上）静一静，詹理斯，静一静。（松开他）咱们自己会来证明。现在就来证明。（他转向丹佛斯）

詹理斯　啥也别说了，约翰。（指着丹佛斯）他只会捉弄你！你打算把我们全都绞死吧！

［玛丽·沃伦哭出声来。

丹佛斯　这里是庄严的法庭，先生。我不许人在这里胡搅蛮缠！

普洛克托　他上了年纪，先生，原谅他吧。静一静，詹理斯，咱们现在就来证明。（他用手托起玛丽的下巴颏儿）你不该哭，玛丽。记住天使拉斐尔的话：“多行善事，于你无害。”现在要坚持；一切都靠你啦。（玛丽安静下来。他取出另一张纸，转身冲着丹佛斯）这是玛丽·沃伦的一份作证书。您看的时候，我——我想提醒您注意，先生，两个星期之前她还跟今天另外那些姑娘没什么两样。（他一边抑制自己的恐惧、愤怒和焦急，一边通情达理地说）您当时看到她尖声嚎叫，发誓说有妖魔鬼怪掐她的脖子；她甚至还作证说，撒旦魔王打扮成如今关在牢里的那些女人的模样，企图赢得她的灵魂，而且在她拒绝的时候——

丹佛斯　这我们都知道。

普洛克托　是啊，先生。可现在她发誓说她压根儿就没见过撒旦魔王，也没见过撒旦撒出来伤害她的妖魔鬼怪，模糊的也好，清楚的也好，都没见过。她声明说，她和她的朋友们都向您撒了谎。

［普洛克托把那份作证书交给丹佛斯，赫尔战战兢兢地朝丹佛斯身旁走去。

赫　尔　阁下，等一等。我认为这可触及问题的核心啦。

丹佛斯　（深感忧虑）肯定是的。

赫　尔　我说不准他是不是一个诚实的人；我对他不大了解。但是，先生，在一切司法事务上，这样重要的一项声明不该由一个庄稼汉提出来。凭着上帝的名义，先生，就到此为止吧；放他回家，让他带一名律师下次再来——

丹佛斯　（耐心地）赫尔先生，请你注意——

赫　尔　阁下，我已经签署了七十二张死刑判决书；我是上帝的一名牧师，除非有确凿的证据，否则我不能草菅人命啦。

丹佛斯　赫尔先生，您当然不至于怀疑我的判决吧。

赫　尔　今天清晨，我已经在吕蓓卡·诺斯的死刑判决书上签了字，阁下。不瞒您说，我签字的那只手就像受了伤似的索索发抖！我请求您，先生，这个论据让律师来提交给您吧。

丹佛斯　赫尔先生，真格的，在听到这样可怕的事的时候，您表现得最为惊惶失措了——请原谅我这样说。我在法庭已经干了三十二个寒暑，先生；要求我袒护这些犯人，那我就该挨人诅咒臭骂了。您考虑考虑——（对普洛克托和别的人）你们大家也都考虑一下。人们在一桩普通犯罪案件中，怎样为被告辩护呢？请证人来证实他清白无辜。可是巫术呢，就它的表面和性质来说，它其实是一种隐秘的罪恶，对不对？所以，有谁能证实它呢？当然只有巫师和受害人，而不是别人。我们现在无法指望巫师会指控自己，对不对？所以，我们只得依靠受害人——她们也确实作证了，那些姑娘摆出了真凭实据。至于那些巫婆，谁也不会否认我们多么希望她们能够自动忏悔。因此，还要请律师来干什么？我想我把我的观点都摆清楚了，对不对？

赫　尔　可是这个女孩声明那些姑娘不老实，如果她们真的不——

丹佛斯　那正是我要考虑的，先生。您还有什么要问我？除非您不信任我的正直？

赫　尔　（败下阵来）我当然不会，先生。那您就考虑吧。

丹佛斯　你只管放心。普洛克托先生，把她的作证书交给我。

［普洛克托呈上。哈桑站起来，走到丹佛斯身旁去看。巴里斯也来到丹佛斯

的另一边。丹佛斯瞧了一眼约翰·普洛克托就开始审阅。赫尔也站起来，在法官身旁挤着看。普洛克托瞥视詹理斯，后者合拢双手，正在默默祈祷。那位庄严的官员契佛，忠于职守，平静地等待着。玛丽·沃伦发出一声呜咽。约翰·普洛克托摸摸她的脑袋，让她放心。没多大工夫，丹佛斯抬起眼睛，站起来，掏出一块手绢擤擤鼻子。他一边思考，一边朝窗前走去，别人两厢闪开。

巴里斯 （几乎控制不住愤怒和恐惧）**我倒要问一问——**

丹佛斯 （破题儿第一遭真的发火了，对巴里斯表现出明显的蔑视）**巴里斯先生，请你安静一下好不好！**（他默默站在那里朝窗外凝视，最后决定了要采取的步骤）**契佛先生，到法庭去把那些姑娘都带进来。**（契佛站起来，朝后台走去。丹佛斯转向玛丽）**玛丽·沃伦，你怎么会来了这样一个大转**

变？普洛克托先生没有威胁你写这份作证书吗？

玛丽·沃伦　没有，先生。

丹佛斯　从来也没有过？

玛丽·沃伦　（胆怯地）没有，先生。

丹佛斯　（发觉她的胆怯）真的没有过？

玛丽·沃伦　真的没有，先生。

丹佛斯　那你是在告诉我，你坐在我的法庭里明明知道有人会因为你作证而被判处绞刑，你还是照样无动于衷地说假话吗？

玛丽·沃伦　（声音低得几乎叫人听不见）是那样，先生。

丹佛斯　你过去是怎样受到教导的？你难道不知道主谴责一切撒谎的人吗？（她答不上来）要么就是你现在在撒谎？

玛丽·沃伦　没有，先生——我现在与主同在。

丹佛斯　你现在与主同在。

玛丽·沃伦　是，先生。

丹佛斯　（克制自己）我要跟你讲清楚——你要么现在是在撒谎，要么过去在法庭上撒过谎；不管哪种情况，你都犯了伪证罪，会因此而坐牢。你不能随随便便就说你撒过谎，玛丽。这一点你明白吗？

玛丽·沃伦　我不能再撒谎。我与主同在，我与主同在。

［但是，她一想到坐牢就抽抽噎噎地哭起来；这时右边那扇门开了，苏珊娜·瓦尔考特、梅喜·刘易斯、贝蒂·巴里斯和阿碧格挨次走进来。契佛朝丹佛斯走去。

契　佛　萝丝·普特南没在法庭里，先生，别的姑娘也不在。

丹佛斯　有这几个也就够了。坐下，坐下，孩子们。（她们安静地坐下）你们的朋友玛丽·沃伦呈上来一份作证书。她在上面发誓说她从来也没见过什么妖魔鬼怪，也没见过撒旦魔王露面。她还声明你们也都没见过那些鬼玩意儿。（稍停）现在，孩子们，这里可是法庭。法律是根据圣经制定的，而圣经又是万能的上帝所写，这种法律禁止要弄巫术，对违反者一律处以死刑。但是，孩子们，圣经和法律也同样谴责所有作伪证的人。（稍停）不过嘛，我也没有粗心大意，这份作证书也可能有意蒙蔽我们；

撒旦魔王很可能征服了玛丽·沃伦，派她到这里来分散我们对这项神圣事业的注意力。真是这样的话，她的脖子就要给绞断。可是她如果说的是真话，我现在就要求你们不要再装模作样，赶快坦白你们弄虚作假，因为越快坦白越对你们有好处。（停顿）阿碧格·威廉斯，站起来。（阿碧格慢慢站起来）这上面说的有没有一点是真话？

阿碧格 没有，先生。

丹佛斯 （思考，看玛丽一眼，又看阿碧格一眼）孩子们，你们的灵魂现在要受到很严厉的考验，直到证明你们诚实无欺才算为止。你们现在有谁想改变立场，难道你们非叫我采取严厉的审讯不成？

阿碧格 我没有什么可改变的，先生。玛丽撒谎。

丹佛斯 （对玛丽）你还坚持你的看法吗？

玛丽·沃伦 （轻声地）坚持，先生。

丹佛斯 （转向阿碧格）我们在普洛克托家发现了一个布娃娃，上面扎了一根针。玛丽·沃伦声明那是她做的，而且她在法庭里做那个玩意儿时，你就坐在她身边，亲眼见到她在做，可以证明她怎样把针扎在上面存起来。你对这有什么话可说？

阿碧格　（略显气愤）这是撒谎，先生。

丹佛斯　（稍停）你当初在普洛克托先生家里干活的时候，看见他家里有布娃娃吗？

阿碧格　普洛克托大娘一向保存一些布娃娃。

普洛克托　阁下，我老婆从来也不保存布娃娃。玛丽·沃伦承认那是她的布娃娃。

契　佛　阁下。

丹佛斯　契佛先生。

契　佛　我在他们家里问普洛克托大嫂，她说她压根儿就不保存布娃娃。不过她又说当年作姑娘的时候也确实有过几个。

普洛克托　近十五年来她可不是什么小姑娘了，阁下。

哈　桑　一个布娃娃存上十五年是不成问题的，对不对？

普洛克托　要存的话，当然可以，可是玛丽·沃伦发誓说她从来在我家里没见过布娃娃，谁也没见过。

巴里斯　把布娃娃藏起来，谁也瞧不见，难道就没有这个可能吗？

普洛克托　（发火）我家里没准儿还藏着一条长着五条腿的鲛龙呐，可也从来没人见到过。

巴里斯　阁下，我们现在就是要把那些从来也没人见过的东西找出来。

普洛克托　丹佛斯先生，这个姑娘反悔，又有什么好处可得吗？除了受到严厉的审问或者更糟的对待之外，她还能得到啥？

丹佛斯　你在指控阿碧格·威廉斯冷酷地策划谋杀，这你明白吗？

普洛克托　明白，先生。我相信她是在蓄意谋杀。

丹佛斯　（怀疑地指着阿碧格）这个孩子会谋杀你的老婆？

普洛克托　她可不是个孩子啦。先生，现在听我说。今年有两次大家在这个教友聚会堂里祷告，她却格格发笑，当众给轰了出去。

丹佛斯　（大吃一惊，转向阿碧格）怎么回事？祷告的时候发笑——！

巴里斯　阁下，当时她是在蒂图芭的妖术驱使下干的，现在她可严肃了。

詹理斯　是啊，现在她可严肃得要绞死人哩！

丹佛斯　你不要插嘴。

哈　桑　这跟方才提出的那个问题当然毫无关联，先生。他指控的是蓄意谋杀。

丹佛斯　对。（他仔细打量阿碧格片刻，然后说）普洛克托，接着说吧。

普洛克托　玛丽，现在告诉总督你们怎样在树林里跳舞来着。

巴里斯　（当即地）阁下，自从我来到萨勒姆，这个家伙就诽谤我。他——

丹佛斯　等一下，先生。（惊讶而严厉地对玛丽·沃伦说）跳舞是怎么回事？

玛丽·沃伦　我——（她朝阿碧格瞥一眼，后者正狠狠地瞪她。她于是求助于普洛克托）普洛克托先生——

普洛克托　（立刻接茬儿说）阿碧格把这些姑娘带到树林里去，阁下，她们就在那里光着身子跳舞——

巴里斯　阁下，这——

普洛克托　（立即地）正是巴里斯先生自己在深更半夜发现她们的！她就是那么个"孩子"！

丹佛斯　（恍如做噩梦，惊愕地转向巴里斯）巴里斯先生——

巴里斯　我只能说，先生，我从来也没发现她们光着身子；这个家伙在——

丹佛斯　可你发现她们在树林里跳舞啦？（他一边盯视着巴里斯，一边指着阿碧格）阿碧格在场吗？

赫　尔　阁下，我刚从贝弗利来到这儿，巴里斯先生就亲自跟我谈起过这件事。

丹佛斯　你否认吗，巴里斯先生？

巴里斯　我不否认，先生，可我从来也没看见她们光着身子。

丹佛斯　那她也跳舞了吗？

巴里斯　（勉强地）跳了，先生。

［丹佛斯好像换了一种眼神，瞧着阿碧格。

哈　桑　阁下，能容我问一句话吗？（他指着玛丽·沃伦）

丹佛斯　（极为不安地）问吧。

哈　桑　你说你从来也没见过妖魔鬼怪，玛丽，也从来没受过魔鬼或者魔鬼代理人的任何威胁或折磨。

玛丽·沃伦　（极轻地说）是这样，先生。

哈　桑　（带着一丝得意的神情）可是那些被指控玩弄巫术的人跟你在法庭上相遇，你就会当场晕倒，说他们放出精灵鬼怪掐你的脖子——

玛丽·沃伦　那是装着玩儿的，先生。

丹佛斯　我没听清楚你在说什么。

玛丽·沃伦　装着玩儿的，先生。

巴里斯　可你确实浑身变得冰凉，不是吗？我自己有好几次把你搀起来，你浑身冰凉冰凉的。丹佛斯先生，您——

丹佛斯　我也见过多次。

普洛克托　她不过是假装晕倒罢了，阁下。她们都很会装模作样。

哈　桑　那她现在能假装晕倒吗？

普洛克托　现在？

巴里斯　为什么不试一下子呢？现在可没有精灵鬼怪在向她进攻，因为眼下这间屋子里并没有被指控玩弄巫术的人。那么，让她现在马上变得浑身冰凉，假装受到攻击，晕倒给我们看看。（他转向玛丽·沃伦）晕倒吧！

玛丽·沃伦　晕倒？

巴里斯　对，晕倒。证明给我们看你在法庭上怎样多次装模作样，弄虚作假。

玛丽·沃伦　（瞧着普洛克托）我——我现在晕倒不了，

先生。

普洛克托　（吃惊，轻声地）你不能装一下子吗？

玛丽·沃伦　我——（她四下里张望，仿佛在找那种使她晕倒的情绪）我——现在没有那种感觉，我——

丹佛斯　为什么不能？现在缺少什么？

玛丽·沃伦　我——我也不知道，先生，我——

丹佛斯　是不是有这种可能，这里没有放出来折磨人的精灵鬼怪，法庭里可有一些呢？

玛丽·沃伦　我从来也没见过什么精灵鬼怪。

巴里斯　那你现在没有看到精灵鬼怪，就证明给我们看你能照你所说的那样凭自己的意志自动晕倒。

玛丽·沃伦　（瞪着大眼，找那样做的情绪，接着摇摇脑袋）我——装不出来。

巴里斯　那你就得交待，对不对？是那些向你猛扑过来的精灵鬼怪叫你晕倒的！

玛丽·沃伦　不是的，先生，我——

巴里斯　阁下，这可是个蒙蔽法庭的鬼花招！

玛丽·沃伦　不是鬼花招！（她站起来）我——我过去常会晕倒，因为我——我觉得自己好像看见了精灵鬼怪！

丹佛斯　好像看见了！

玛丽·沃伦　可我并没真正看见，阁下。

哈　桑　除非你真看见了，否则你怎么会觉得看见了？

玛丽·沃伦　我——我也纳闷儿，可我的确有那种感觉。我——我听见别的姑娘都在嘶哇乱叫，还有您，阁下，您好像也很相信她们，于是我——我最初只是闹着玩儿，先生，可是接着大家都扯起嗓门喊精灵啊，鬼怪啊，所以我——我向您保证，丹佛斯先生，我只觉得自己好像看见了精灵鬼怪，可我并没真正看见。

[丹佛斯盯视着她。

巴里斯　（面带微笑，可是有些紧张，因为玛丽·沃伦一席话似乎感动了丹佛斯）阁下，您当然不会相信这种胡言乱语。

丹佛斯　（忧虑地转向阿碧格）阿碧格。我现在要你反省一下，跟我说实话——要警惕啊，孩子，对主来说，每个灵魂都是宝贵的，谁要是平白无故地置别人于死地，上帝对他的惩罚可是十分严厉的。孩子，你看到的精灵鬼怪，有没有可能只是一种幻觉，一些在你头脑里的错觉——

阿碧格　怎么，这——这——可是个很不光彩的问题，先生。

丹佛斯　孩子，我希望你考虑一下——

阿碧格　我受过伤害，丹佛斯先生；我见过自己的血直往外流！我因为尽了职责，把魔鬼的信徒一一指出来，每天都几乎遭受谋杀——而现在这就是我得到的报酬吗？不受信任，遭到白眼，让人盘问，就像是个——

丹佛斯　（软下来）孩子，我并没有不信任你——

阿碧格　（公开进行威胁）警惕啊，丹佛斯先生。您自以为强大得叫魔鬼没力量使您晕头转向吗？警惕啊！哎哟，那儿——（她突然从责问的态度转为惊惶失措，两眼瞪视着上空——真怪吓人的）

丹佛斯　（忧虑地）怎么啦，孩子？

阿碧格　（瞪视着上空，两臂紧紧搂住自己，好像怕冷似的）我也闹不清怎么回事。有一股风，一股冷风吹来了。（她的目光落在玛丽·沃伦身上）

玛丽·沃伦　（恐惧，恳求道）阿碧！

梅喜·刘易斯　（哆嗦）大人，我也浑身发冷！

普洛克托　她们又在装着玩儿！

哈　桑　（摸摸阿碧格的手）确实冰凉，阁下。您不信摸摸看！

梅喜·刘易斯　（牙齿格格打战）玛丽，你撒出妖魔来拿我吗？

玛丽·沃伦　主啊，救救我！

苏珊娜·瓦尔考特　我也浑身发凉，我也浑身发凉！

阿碧格　（明显地发抖）这儿有股风，有股风！

玛丽·沃伦　阿碧，别瞎胡闹啦！

丹佛斯　（让阿碧格吸引住了，同情地）玛丽·沃伦，你在对她施展妖术吗？你在撒出你的精灵鬼怪吗？

［玛丽歇斯底里地大叫一声，开始往外跑。普洛克托一把揪住她。

玛丽·沃伦　（几乎瘫倒在地）放我走，普洛克托先生，我不能，我不能——

阿碧格　（呼天抢地）噢，主啊，赶走这个鬼怪吧！

［普洛克托未加犹豫，也没让人提防，倏地窜到阿碧格身前，揪住她的头发，把她压跪在地。她疼得直嚎叫。

丹佛斯震惊地喊道："你要干什么？"哈桑和巴里斯也在喊，"放开你的手！"其间还夹杂着普洛克托咆哮的嗓音。

普洛克托 你居然还有脸求上帝！婊子！臭婊子！

［哈里克把普洛克托从她身上揪开。

哈里克 约翰！

丹佛斯 你这个家伙！你在说什么——

普洛克托 （喘吁吁地，而且痛苦地）她是个婊子！

丹佛斯 （惊呆）你指控——？

阿碧格 丹佛斯先生，他在血口喷人！

普洛克托 瞧她那副德性样儿！现在她又想拿嚎叫来中伤我，可是——

丹佛斯 你得拿出证据来！这事可不容轻易就放过去！

普洛克托 （浑身战栗，精神崩溃）我了解这个小娘儿们，先生，我太了解她啦。

丹佛斯 你——你莫非是个犯了奸淫罪的好色之徒？

法兰西斯 （惊恐）约翰，这你可不能随便瞎说——

普洛克托 唉，法兰西斯，我真巴不得你多存点坏心眼才能了解我！（对丹佛斯）一个人是不会轻易给自己脸上抹黑的。这一点您想必理解。

丹佛斯　(惊呆)在——在什么时候？什么地点？

普洛克托　(声调近乎嘶哑，满面羞愧)就在合适的地点——我那牲口棚里。自从我那天夜里最后一次找乐子，至今已经过去八个月了。她当初一直在我家里伺候我，先生。(他抿紧嘴唇，免得哭出来)一个人想象主睡着了，可是主明察秋毫，我现在可明白了。我请求您，先生，请求您——看清她是个什么货色。我的老婆，我那亲爱而善良的妻子，后来很快就把她辞掉，轰出大门去了。她啊，一直就是个喜好虚荣的小娘儿们，先生——(他情不自禁)阁下，宽恕我，宽恕我吧。(他自艾自怨，转身不敢正视总督。过了片刻，他喊叫起来，好像这是他把话和盘托出的唯一办法)她想在我老婆的坟前同我跳舞欢乐！她真会那样干，因为我体贴过她。求主帮助我，我动了邪念，那种勾当有一种默契。可是这纯粹是婊子的报复，您应当看清这一点；我完全由您来处置我。我相信您现在一定看清事实真相啦。

丹佛斯　(惊吓得面色苍白，转向阿碧格)孩子，这件事情的情节你有什么否认的地方吗？

阿碧格　非要我回答不可，那我就走，再也不回来！

［丹佛斯好像举棋不定。

普洛克托　我给我的名誉制作了一口丧钟！我给自己的好名声敲响了丧钟——您会相信我的，丹佛斯先生！我的老婆是清白无辜的，只不过她瞧见个婊子就能一眼把她认出来！

阿碧格　（朝丹佛斯走去）您在给我什么眼色看？（丹佛斯答不上话来）我不要看这种眼色！（她转身就朝门口走去）

丹佛斯　站住！（哈里克向前拦住她。她蓦地站住，两眼爆出怒火）巴里斯先生，到法庭里去把普洛克托大嫂带进来。

巴里斯　（反对）阁下，这全是——

丹佛斯　（厉声对巴里斯）带她进来！这里说过的话，一句也不要跟她讲。进来的时候，先敲下门。（巴里斯下）现在咱们就要弄个水落石出了。（对普洛克托）你说你的老婆是个诚实的女人。

普洛克托　对，先生。她平生从来也没撒过一句谎。有人不会唱歌，有人不会哭，我的老婆不会撒谎。这是我花了很大代价才知道的，先生。

丹佛斯　她把这个姑娘轰出你的家门，是把她看成一个娼妓吗？

普洛克托　是，先生。

丹佛斯　知道她是个婊子吗？

普洛克托　没错儿，先生。她知道她是个婊子。

丹佛斯　那好。（对阿碧格）孩子，她要是真对我说因为你不守本分而把你轰走的，那就愿主怜悯你！（敲门声。他冲门口说）等一等！（对阿碧格）转过身去。转过身去。（对普洛克托）你也转过身去。（两人都扭身——阿碧格气得故意慢吞吞地转）现在你们俩都不许回身面对普洛克托大嫂。这屋子里的人谁也不许插一句嘴，谁也不许表态对还是不对。（他冲门口喊道）进来！（门启。伊丽莎白随同巴里斯进来。巴里斯从她身旁走开。她独自站在那里，目光寻找普洛克托）契佛先生，把证词准确无误地记录下来，准备好了吗？

契　佛　准备好了，先生。

丹佛斯　过来，太太。（伊丽莎白向他走去，同时朝普洛克托后背瞥一眼)不许看你的丈夫，只准瞧着我的眼睛。

伊丽莎白　(轻声地)遵命，先生。

丹佛斯　我们了解到你前一阵子辞去了你的女佣阿碧格·威廉斯。

伊丽莎白　是有这么回事，先生。

丹佛斯　为了什么原因辞掉她的?(稍停。伊丽莎白想瞧一眼普洛克托)只许看着我的眼睛，不许瞧你的爷们儿。凭你的记忆回答我，无须乎别人帮忙。你干吗要辞掉阿碧格·威廉斯?

伊丽莎白　(不知说什么好，觉出情况不妙，润湿嘴唇以拖延时间)她——她叫我不满意。(停顿)也叫我丈夫不称心。

丹佛斯　哪方面叫你不满意?

伊丽莎白　她嘛——(她瞥视普洛克托寻求暗示)

丹佛斯　太太，瞧着我!(伊丽莎白照办)她邋里邋遢吗?偷懒吗?她惹了什么麻烦?

伊丽莎白　阁下，我——我那会儿病了。而且我——我丈夫是个憨厚的正派人。他从来没有像有些人那样喝得醉醺醺的，也没有在游戏台上转铜子儿浪费时间，他总是在干活。可是在我病中——您知道，先生，我自从生了上一个孩子以后就一直病病歪歪，我觉得我发现他对我有点冷淡。而这个丫头——（她转向阿碧格）

丹佛斯　瞧着我。

伊丽莎白　是，先生，阿碧格·威廉斯——（她顿住了）

丹佛斯　阿碧格·威廉斯怎么了？

伊丽莎白　我居然以为他喜欢阿碧格。所以有一天晚上我想必是晕了头，就把她轰出大门去了。

丹佛斯　你丈夫——真的对你冷淡了吗？

伊丽莎白　（痛苦地）我丈夫——是个好人，先生。

丹佛斯　那他没有对你冷淡。

伊丽莎白　（又开始瞥视普洛克托）他——

丹佛斯　（伸手去扶正她的脸，接着说）瞧着我！据你所知，约翰·普洛克托有没有犯过奸淫罪？（她进退两难，说不出话来）回答我的问题！你丈夫是不是一个好色之徒！

伊丽莎白　（轻声说）不是，先生。

丹佛斯　警长，把她带出去。

普洛克托　伊丽莎白，说实话吧！

丹佛斯　她已经说了，把她带出去！

普洛克托　（喊道）伊丽莎白，我已经坦白了！

伊丽莎白　噢，上帝！（门在她身后关上了）

普洛克托　她只想维护我的名誉呵！

赫　尔　阁下，这不过是句合乎情理的谎话；我请您就到此为止吧，免得又要判一个人的罪！我不能对这再昧着良心不管了——私人报复正通过这种作证在加紧活动呐！这人从一开始就让我觉得他是诚实可信的。我对天发誓，我现在相信他，我请您把他的老婆叫回来，然后我们——

丹佛斯　她一句奸淫罪也没提，证明这人撒了谎！

赫　尔　我相信他！（指着阿碧格）这个女孩却一直叫我觉得假模假式的！她曾经——

［阿碧格突然冲着天花板尖声嚎叫，令人毛骨悚然。

阿碧格　别下来！滚开！滚开！

丹佛斯　怎么回事，孩子？（阿碧格惊惶失措，恐惧地指着房梁，慢慢抬起她那双惊呆的眼睛——其他几个姑娘的神情跟她一样——接着哈桑、赫尔、普特南、契佛、哈里克和丹佛斯也都朝上瞧)那儿有什么?(他把视线从天花板那儿移下来,这时显得惊吓不已,声调也透着紧张)孩子!(阿碧格呆若木鸡——她跟其他姑娘一齐张着大嘴哭泣,呆视着房梁)姑娘们!你们干吗——?

梅喜·刘易斯 (指着上方)它在梁上呐!椽木后头!

丹佛斯 (朝上瞧)哪儿?

阿碧格 你干吗——?(她喘不过气来)你干吗来,黄鹰鸟?

普洛克托 哪儿有鸟?我没看见什么鸟!

阿碧格 (冲着房梁)我的脸蛋儿?我的脸蛋儿?

普洛克托 赫尔先生——

丹佛斯 安静!

普洛克托 (对赫尔)您看见鸟了吗?

丹佛斯 安静!!

阿碧格 (冲着大梁,真的跟那只"鹰鸟"谈起话来,仿佛想说服它别袭击她似的)可我的脸蛋儿是主造的啊,你不能撕我的脸蛋儿。忌妒可是项大罪，玛丽。

玛丽·沃伦 （一跃而跪，怵怵怛怛地央求）阿碧！

阿碧格 （没受干扰，继续对“鹰鸟”说）噢，玛丽，魔鬼的妖术叫你换了模样。不，我不能，我不能不说；我是在给上帝行道啊。

玛丽·沃伦 阿碧，我在这儿呐！

普洛克托 （狂怒地）她们又在弄虚作假，丹佛斯先生！

阿碧格 （这当儿朝后退一步，好像害怕那只鹰鸟顷刻之间就会猛扑下来似的）噢，玛丽！请你别扑下来！

苏珊娜·瓦尔考特 她的爪子，她伸开爪子啦！

普洛克托 撒谎，撒谎。

阿碧格 （更朝后退，两眼盯住房梁）玛丽，别伤害我啊！

玛丽·沃伦 （对丹佛斯）我没有伤害她！

丹佛斯 （对玛丽·沃伦）那她为什么有这种幻觉呢？

玛丽·沃伦 她啥也没看见啊！

阿碧格 （这当儿盯视着前方，好像受了催眠，惟妙惟肖地模仿玛丽·沃伦的喊声）她啥也没看见啊！

玛丽·沃伦　（央求道）阿碧，别这样啦！

阿碧格和所有的姑娘　（个个变得痴呆）阿碧，别这样啦！

玛丽·沃伦　（对众姑娘）我在这儿，我在这儿呐！

姑娘们　我在这儿，我在这儿呐！

丹佛斯　（惊吓地）玛丽·沃伦！快从她们身上收回你放出去的精灵鬼怪！

玛丽·沃伦　丹佛斯先生！

姑娘们　（打断她的话）丹佛斯先生！

丹佛斯　你有没有勾结魔鬼，勾结了没有？

玛丽·沃伦　压根儿也没有，压根儿也没有！

姑娘们　压根儿也没有，压根儿也没有！

丹佛斯　（越来越歇斯底里）那她们干吗光重复你的话？

普洛克托　给我一条鞭子——我来结束这场鬼把戏！

玛丽·沃伦　她们在闹着玩儿呐，她们——！

姑娘们　她们在闹着玩儿呐！

玛丽·沃伦　（歇斯底里地转向她们，跺脚）阿碧，别来这一套啦！

姑娘们　（一齐跺脚）阿碧，别来这一套啦！

玛丽·沃伦　别装啦！

姑娘们　别装啦！

玛丽·沃伦　（举起拳头，尽量大声喊）我说别再耍这种鬼把戏啦！！

姑娘们　（一齐举起拳头）我说别再耍这种鬼把戏啦！！

［玛丽·沃伦彻底六神无主了，渐渐让阿碧格——和其他姑娘们——那种坚定不移的信念整垮了，抽抽噎噎地哭起来，软弱无力地低举着手，别的姑娘们也都仿效她哭起来。

丹佛斯　前不久你自己受到折磨。现在倒好像你在折磨别人啦；你是从哪儿得到这种魔力的？

玛丽·沃伦　（盯着阿碧格）我——我没有什么魔力。

姑娘们　我没有什么魔力。

普洛克托　她们在欺骗您，先生！

丹佛斯　你为什么过了两个礼拜又翻案呢？你见过魔鬼没有？

赫　尔　（指着阿碧格和其他姑娘们）您不能相信她们！

玛丽·沃伦　我——

普洛克托　（发觉她泄气了）玛丽，上帝惩罚所有说谎的人！

丹佛斯　（紧逼地）你见过魔鬼没有，你跟撒旦魔王勾结过没有？

普洛克托　上帝惩罚所有说谎的人，玛丽！

［玛丽嘟囔了几句，两眼盯着阿碧格，后者一直在仰着脖子瞧梁上那只“鹰鸟”。

丹佛斯　我没听清你的话，你说什么？（玛丽又嘟囔了几句）你是坦白呢，还是打算受绞刑！（他粗鲁地拨转她的身子，让她面对着他）你知道我是谁吗？我告诉你说，你要是不向我坦白交代，就得受绞刑！

普洛克托　玛丽，记住天使拉斐尔的话——多行善事，于你——

阿碧格　（指着上空）翅膀！她张开翅膀啦！玛丽，请你，别，别——！

赫　尔　我什么也没看见，阁下！

丹佛斯　你招不招认这种魔力！（他和玛丽的脸只相隔一英寸）说！

阿碧格　她要下来啦！她在梁上走呐！

丹佛斯　你说不说！

玛丽·沃伦　（恐惧地呆视）我没法儿说！

姑娘们　我没法儿说！

巴里斯　把魔鬼轰走！盯着他的脸！用脚狠狠踩他！我们会搭救你，玛丽，只要站稳脚跟，决不向他屈服——

阿碧格　（朝上看）当心啊！她下来啦！

[她和别的女孩都捂住眼睛，朝一面墙那边奔去。这当儿，她们好像给硬挤在一个角落里似的，放声尖叫；玛丽似乎受了感染，也张嘴跟她们一块儿呼叫起来。阿碧格和别的女孩渐渐散开，只剩下玛丽一人还站在那儿，抬头仰望那只"鹰鸟"，疯狂地尖叫。大家观望着她，让她这种明显的神经发作吓呆了。普洛克托朝她走去。

普洛克托　玛丽，告诉总督她们在搞什么——（他话还没说完，可她一看到他走过来，便飞快地躲开，

恐怖地尖叫）

玛丽·沃伦　别碰我——别碰我！（那些姑娘一听到这话，都在门口站住）

普洛克托　（吃惊地）玛丽！

玛丽·沃伦　（指着普洛克托）你是魔鬼差来的人！

［这话叫他蓦地站住了。

巴里斯　赞美主！

姑娘们　赞美主！

普洛克托　（愣住了）玛丽，怎么你——？

玛丽·沃伦　我不跟你一块儿让人绞死！我敬爱主，我热爱主！

丹佛斯　（对玛丽）他支使你给魔鬼干活吗？

玛丽·沃伦　（歇斯底里地指着普洛克托）他天天夜里来找我，叫我签，签——

丹佛斯　签什么？

巴里斯　在魔鬼簿子上签字吗？他来的时候带着一本册子吗？

玛丽·沃伦　（歇斯底里地指着普洛克托，非常惧怕他）签上我的名字，他要我签名。“如果我的老婆给绞死，”他说，“我就把你宰了！咱们得一块儿去推翻那个法庭。”他就是这样说的！

［丹佛斯的脑袋猛地扭向普洛克托，神色十分惊惶。

普洛克托　（转身求助于赫尔）赫尔先生！

玛丽·沃伦　（开始啜泣）他每天夜里都把我叫醒，两只眼睛像烧红了的炭火，用手掐住我的脖子，我只好签字，签字……

赫　尔　阁下，这孩子疯了！

普洛克托　（这当儿，丹佛斯张着大眼紧盯着他）玛丽，玛丽！

玛丽·沃伦　（冲他尖叫）不，我敬爱主；我不再跟你走那条歪道啦。我热爱主，我感谢主。（她一边哭，一边朝阿碧格奔去）阿碧，阿碧，我再也不伤害你啦！（大家都观望着，阿碧格显得无比仁慈，凑过去把哭哭啼啼的玛丽搂在怀里，然后抬头瞧着丹佛斯）

丹佛斯　（对普洛克托）你到底是个什么玩意儿？（普洛克托怒不可遏，说不上话来）你勾结反基督的恶势力，对不对？你那套魔法我都领教过了，赖也赖不掉啦！你还有什么话可说，先生？

赫　尔　阁下——

丹佛斯　我不想再听你说什么，赫尔先生！（对普洛克托）你现在愿意交代自己和魔鬼同流合污呢，还是死心塌地地继续效忠魔鬼？你打算怎么样？

普洛克托　（简直气疯了，上气不接下气地说）我说——我说——上帝可真的死喽！

巴里斯　听他说的，听他说的什么话！

普洛克托　（神经质地狂笑一阵，接着说）烈火呵，烈火燃烧起来啰！我听见撒旦魔鬼咔咔的脚步声，我看到他那张肮脏不堪的脸，那可是一张长得跟你我一模一样的丑恶嘴脸，丹佛斯！这熊熊烈火是给那些在一项摆脱人们愚昧无知的庄严事业前畏缩退却的人准备的，他们就像我曾经畏缩过那样，就像你们的黑心眼里现在明明知道这是一场骗局却畏缩退却那样——上帝特别要惩罚我们这样的败类，我们要受到烈火的焚烧，我们要一块儿受到烈火的焚烧呵！

丹佛斯　警长！把他和考莱都给我抓起来！

赫　尔　（穿过人群，朝门口走去）我不同意这种审判程序！

普洛克托　你们在把上帝揪下来，而把一个婊子捧上天呵！

赫　尔　我不同意这种审判程序，我退出这个法庭！（他走出去，把门在他身后砰的一声关上）

丹佛斯　（气急败坏地喊他）赫尔先生！赫尔先生！

幕　落

第四幕

那年秋天，萨勒姆监狱里的一间牢房。

后墙有一扇带铁栏杆的高窗户，旁边有一扇挺沉的大门。沿墙放着两条长板凳。

这地方要没有从铁栏杆漏进来一点月光，就真是漆黑一团。牢房里显得空空洞洞。少顷，从墙外的一条走廊里传来脚步声和开锁声，接着门打开了。哈里克警长提着一盏灯笼进来。

他差不多喝醉了，步履沉重。他走到一张长凳前，用胳膊肘儿轻推上面的一堆破衣烂衫。

哈里克　萨拉，醒醒！萨拉·古德！（接着又朝另一张长凳走去）

萨拉·古德　（衣衫褴褛，爬起来）噢，陛下！快醒醒，快醒醒！蒂图芭，他来了，魔王陛下来了！

哈里克　到北边那间牢房里去，这里现在另派用场。（他把灯笼挂在墙上。蒂图芭坐起来）

蒂图芭　我看他不像陛下，倒像警长大人。

哈里克　（取出一瓶酒）你们俩赶快走开，把这儿腾出来。

［他喝酒，萨拉·古德凑过来，瞧瞧他的脸。

萨拉·古德　哦，敢情是您，警长大人！我还当魔鬼找我们俩来了。能让我来口酒再远走高飞吗？

哈里克　（把酒瓶递给她）你们俩要上哪儿呀，萨拉？

蒂图芭　（萨拉在仰脖喝酒）我们到巴巴多斯去，魔鬼一会儿就把羽毛和翅膀捎来。

哈里克　真的吗？那我祝你们鹏程万里，幸福愉快。

萨拉·古德　我们俩化成一对青鸟朝南飞去！嗯，这可是个了不起的脱胎换骨哩，警长大人！（她又举起酒瓶喝起来）

哈里克 （从她嘴边把酒瓶夺过来）你最好还是把这玩意儿还给我吧，要不然你就甭想飞起来了。走吧。

蒂图芭 警长大人，要是您也想到那边去，我可以替您跟他说说情看。

哈里克 这我不会拒绝的，蒂图芭；待会儿天一亮，飞往地狱倒挺合适。

蒂图芭 哎呀，巴巴多斯可不是地狱。魔鬼在巴巴多斯是个挺快活的人，他在巴巴多斯又唱歌又跳舞。这都是因为你们这儿的人——你们这伙人把他惹火了；这个地区对那个老小子来说也太寒冷了。他的魂灵在马萨诸塞州都给冻僵啦，可他在巴巴多斯还是温柔得很——（从外面传来一阵牛叫声，蒂图芭跳起来，冲窗口喊道）唷，大人！他来了，萨拉！

萨拉·古德 我在这儿呐，陛下！（她俩连忙收拾她们的破烂儿，卫兵霍普金斯上）

霍普金斯 副总督到。

哈里克 （揪着蒂图芭）走吧，走吧。

蒂图芭 （反抗他）不，他是来找我的。我要回老家去！

哈里克 （把她揪向门口）那不是撒旦魔王，只是一头还有不少奶的可怜的老母牛。走吧，出去吧！

蒂图芭 （冲窗口喊道）带我回老家去吧！带我回老家去吧！

萨拉·古德 （跟在叫喊的蒂图芭身后，走出去）蒂图芭，告诉他我这就来了！告诉他萨拉·古德也来了！

［蒂图芭在外面走廊里喊道，“带我回老家去吧，魔鬼；魔鬼带我回老家去吧！”另外传来霍普金斯轰她朝前走的声音。哈里克转回来，开始把破烂儿和烂草推向旮旯。他一听到脚步声，立刻转过身来，丹佛斯和哈桑法官走进来。他俩为了抵御严寒穿着厚大衣，戴着帽子。契佛跟随在后，手里拎着一个公文包和一个装文具的扁平木盒。

哈里克 早安，大人。

丹佛斯 巴里斯先生在哪儿？

哈里克 我这就去喊他进来。（他朝门口走去）

丹佛斯　警长。（哈里克站住）赫尔牧师什么时候到这里来的？

哈里克　我想是快半夜的时候吧。

丹佛斯　（疑虑地）他到这里来干什么？

哈里克　他是来探访那些要给处死的犯人，大人。他还跟他们一块儿祈祷。眼下他在跟诺斯大娘谈话呐。巴里斯也跟他在一块儿。

丹佛斯　赫尔那个家伙可没有资格进来，警长。你干吗放他进来？

哈里克　噢，是巴里斯先生命令我的，大人。我没法拒绝啊。

丹佛斯　你喝酒了吗，警长？

哈里克　没有没有，大人；夜里冷得够呛，我这儿又没有火。

丹佛斯　（克制自己的愤怒）去叫巴里斯先生进来。

哈里克　是，大人。

丹佛斯　这儿臭烘烘的，可真叫难闻。

哈里克　我刚把犯人轰开，给您腾出地方来。

丹佛斯　当心别过度贪杯，警长。

哈里克　是，大人。（他等待别的吩咐，停留片刻。

丹佛斯不满意地转身，不再理他，哈里克于是走出去。稍停。丹佛斯站在那儿思考）

哈　桑　您可以问问赫尔，阁下，他最近一直在安多弗乡镇讲道，我对这事一点也不感到奇怪。

丹佛斯　咱们说定了，别提安多弗。巴里斯也跟他一块儿祈祷，这才是件怪事。（他拳拢两只手，用嘴哈气暖和暖和，向窗口走去，朝外看看）

哈　桑　阁下，继续让巴里斯先生探访犯人，我都怀疑是否明智。（丹佛斯转身，感兴趣地听着）我有时觉得这个人最近疯疯癫癫的。

丹佛斯　疯疯癫癫？

哈　桑　昨天他从家里出来，我赶巧碰见他，就向他道个早安——可他没答理我，哭哭啼啼地继续走他的路。我觉得老乡们看到他情绪这样不稳定，实在不太妙。

丹佛斯　没准儿他有什么伤心事。

契　佛　（跺着两脚，免得发麻）我想大概是因为母牛的事，先生。

丹佛斯　母牛？

契　佛　如今公路上到处流浪着母牛，因为它们的主人都给关进了监牢；这些牛现在到底该归谁，意见不一致。我知道巴里斯先生昨天一整天都在跟老乡们争论——先生，为了这些牛，惹出了一场大纠纷。这叫他伤心落泪，先生；人世间总会有人为争论而落泪的。（他听见走廊里有人走过来的声音便转身去听，哈桑和丹佛斯也那样做。巴里斯进来，丹佛斯抬头看他。他穿着厚大衣，面容憔悴，惊惶失措，直出汗）

巴里斯　（立刻对丹佛斯说）哦，早安，先生，谢谢您来了，我很抱歉这么早就把您搅醒。早安，哈桑法官。

丹佛斯　赫尔牧师没有权利进入这个——

巴里斯　阁下，等一等。（他急忙走回去把门关上）

哈　桑　你留下他单独跟犯人在一起吗？

丹佛斯　他在这儿干什么？

巴里斯　（祈祷似的合拢双手）阁下，听我说。这是天意。赫尔牧师是回来规劝吕蓓卡·诺斯悔悟，回到上帝这边来。

丹佛斯　（惊讶地）他劝她忏悔吗？

巴里斯　（坐下）您听我说。吕蓓卡自从给关在这里，三个月来一句话也没跟我说过。而现在她居然肯跟赫尔牧师坐在一道，再加上她的妹妹啦，玛莎·考莱啦，和另外两三个女人。他说服她们，劝她们忏悔自己的罪恶，挽救她们。

丹佛斯　啊——这确实是天意。她们给感化了吗？

巴里斯　还没有呐，还没有呐。不过我早就想请您大驾光临一趟，先生，我们是不是应该考虑一下把她们都……这是不是明智。（他没敢往下说）我早就想提个问题，先生，我希望您不至于——

丹佛斯　巴里斯先生，有话就说吧，什么事叫你这样心神不定，吞吞吐吐的？

巴里斯　有一件事，先生，法庭——法庭必须认真加以对待。那就是我的侄女阿碧格，先生——她不见了，忽然没影儿了。

丹佛斯　没影儿了？

巴里斯　这个礼拜以来，我原想早点把这件事向您报告，可是——

丹佛斯　为什么不呢？她失踪有多久了？

巴里斯　今天是第三个夜晚。您知道，先生，那天她跟我说她要到梅喜·刘易斯那里去过一夜。第二天，她没回来，我就派人到刘易斯先生家去打听一下。可是刘易斯先生说梅喜前一天晚上对他说她到我家来过一夜了。

丹佛斯　这么一说，她俩都没影儿了？

巴里斯　（惧怕地）都没影儿了，先生。

丹佛斯　（震惊地）我派一队人去找。她俩可能在哪儿？

巴里斯　阁下，我想她俩搭船溜了。（丹佛斯目瞪口呆）我女儿告诉我她上礼拜就听见阿碧格和梅喜一直在谈什么船啊船的；今天夜里，我又发现我的——我的保险箱也给撬开了。（他捂住眼睛，不让眼泪淌下来）

哈　桑　（惊讶地）她偷走了你的财物吗？

巴里斯　三十一镑全抄走了。我现在一贫如洗喽。（他捂住脸，哽咽起来）

丹佛斯　巴里斯先生，你可真是个没头脑的大笨蛋！（他一边深感忧虑地踱步，一边思索）

巴里斯　阁下，您责怪我也没用。我万没想到她们会溜之大吉，除非她们害怕再在萨勒姆待下去。（他在辩解）请您注意，先生，阿碧格十分了解乡镇里的情况，自从安多弗那边的消息传到这边来——

丹佛斯　安多弗的情况已经有所改善。法庭在这个礼拜五就要回到那里去恢复审查。

巴里斯　这我完全相信，先生。可是这里谣传安多弗发生了叛乱，而且——

丹佛斯　安多弗没有叛乱！

巴里斯　我告诉您这里是怎样传说的，先生。他们说安多弗的老乡已经把法庭的官儿轰跑了，不再搞什么驱逐巫师的事啦。这里有一派人正在散布这个消息；恕我直言，我担心这里也会发生暴乱。

哈　桑　暴乱！可我只见老乡们对每一次处决都表现得兴高采烈，十分满意啊。

巴里斯　哈桑法官——如今要处决的人可是另外一种人啦。吕蓓卡·诺斯可不是布丽奇特那种女人，要知道布丽奇特跟比肖普私通了三年才同他结婚。约翰·普洛克托也不是酗酒败家的艾萨克·瓦德那路人。（对丹佛斯说）我如果说错了，愿受主的惩罚，阁下，这些人在乡镇里仍然很有威望。让吕蓓卡站在绞刑架上向上苍虔诚地祈祷，我担心她会叫人觉醒，对您采取报复行动。

哈　桑　阁下，她被判定是个巫婆。法庭有——

丹佛斯　（十分忧虑，向哈桑挥一下手）别插嘴。（对巴里斯）那你有什么建议？

巴里斯　阁下，我想对这些犯人暂缓执行死刑。

丹佛斯　不能缓期。

巴里斯　赫尔先生回来了。我想也许还有点希望——因为他如果哪怕能使其中一名罪犯幡然悔悟，回到上帝这边来，他的忏悔肯定会在公众眼里起一种谴责其他犯人的作用，另外也就不会再有人对他们跟魔鬼勾结产生怀疑了。可是用现在这种办法，犯人们没有一个忏悔，口口声声都说无罪，这会使人们加倍怀疑；我们那种善良的目的也就淹没在他们的眼泪里了。

丹佛斯　（考虑了一下，走向契佛）把犯人名单拿给我看看。

［契佛打开公文包，寻找名单。

巴里斯　叫人没法忘记的是，先生，我召集公众宣布革除约翰·普洛克托的教籍时，来听的人还不满三十个。我觉得这表明一种不满情绪，而且——

丹佛斯　（审阅名单）不能缓期执行。

巴里斯　阁下——

丹佛斯　现在，先生——据你估计这些犯人当中有谁可能回到上帝这边来？我个人愿意在黎明前尽力把他争取过来。（他把名单交给巴里斯，后者只瞥了一眼）

巴里斯　到黎明前，时间未免太短了。

丹佛斯　我将尽力而为。你看他们当中谁最有希望？

巴里斯　（这时连名单也没看一眼就颤悠悠地小声说）阁下——一把匕首——（他哽住了）

丹佛斯　你说什么？

巴里斯　就在今天夜里，我正从家里开门出来——一把匕首从门框上面嗖的一声掉下来扎在地上。（沉默。丹佛斯没吭声。巴里斯这时喊道）您不能绞死这批犯人。我的处境十分危险，夜里我都不敢出大门啦！

［赫尔牧师上。他们一时都默默地瞧着他。他极为忧虑，筋疲力尽，态度比往常更直率。

丹佛斯　祝贺你，赫尔牧师；看到你又回来干你那出色的工作，我们大家都很高兴。

赫　尔　（朝丹佛斯走去）您应该宽恕他们。他们至今不肯让步。

［哈里克上，听候命令。

丹佛斯　（调解地）你理解错了，先生；我不能宽恕他们，因为已经有十二个人由于同样的罪名而被处死了。这样做是不公平的。

巴里斯　（怀着沉重的心情）吕蓓卡不愿忏悔吗？

赫　尔　再过几分钟，太阳就要升起来了。阁下，我得需要更多的时间。

丹佛斯　听我说，别再欺骗你自己了。我不会接受任何宽恕或者缓刑的请求。不肯忏悔的人就得给绞死。如今已经处决了十二个人；这七个人的名字也早已公布出去了，全村老百姓都期望今天一清早看到他们给处死。现在突然缓期执行就说明我办事不周；缓刑或者宽恕都会叫老乡对已被处死的那些人所犯的罪产生怀疑。我说出上帝的法律，就不会再哼哼唧唧地破坏主的声音。你如果害怕报复，我告诉你说——即使有一万人胆敢起来反抗这条法律，我也要把他们统统绞死，汪洋大海的辛酸眼泪也溶化不了这条法规的决定。现在你应该像个男子汉那样挺起腰板来协助我，因为上帝赋予你这个任务，你有责任来完成它。你跟他们都谈过话了吗，赫尔先生？

赫　尔　除了普洛克托之外，别人都谈过了。他给关在地牢里。

丹佛斯　（对哈里克）普洛克托现在表现得怎么样？

哈里克　他就像个了不起的人物那样成天价坐着；除了有时吃点东西之外，您简直摸不清他是不是还活着。

丹佛斯　（思考片刻）他的老婆——伊丽莎白现在怀着孕，表现一定还好吧。

哈里克　还可以，大人。

丹佛斯　你有什么主意，巴里斯先生？你对这人比较了解；让他的老婆出面来感化他，有没有这个可能？

巴里斯　有这个可能，先生。三个月来他一直没见到他的老婆。我应该把她叫出来。

丹佛斯　（对哈里克）普洛克托还是那样死硬吗？他又动手打你没有？

哈里克　打不成啦，大人，现在用链条把他锁在墙角了。

丹佛斯　（思考后）先把普洛克托大嫂带到我这儿来。然后再把普洛克托押上来。

哈里克　是，大人。（哈里克下。沉默）

赫　尔　阁下，您如果延期一个礼拜再执行，并且贴出布告向乡亲们宣告您正在力争他们忏悔，这会表明您为人仁慈而并非退缩。

丹佛斯　赫尔先生，上帝没有授权给我要像约书亚①那样制止太阳升起来，所以我不能制止对他们的处罚，而只能完成。

赫　尔　（更强硬起来）您要是认为主希望您挑起叛乱，丹佛斯先生，那您可就大错特错了！

丹佛斯　（当即地）你听见乡镇里有人在谈造反吗？

赫　尔　阁下，现在到处是挨家流窜的孤儿；没人喂养的牲口在公路上吼叫，处处弥漫庄稼腐烂的臭味儿；谁也不知道婊子什么时候一叫唤就会叫他丧命——而您还在怀疑是不是真有人在谈造反？您真应该纳闷儿他们怎么没有放火烧毁您的州府！

丹佛斯　赫尔先生，你这个月是不是在安多弗布道？

---

① Joshua，《圣经》中继摩西之后的犹太人首领，曾借助上帝神威制止日月运行一日，以歼灭亚摩利人。

赫　尔　感谢主，安多弗的老百姓不需要我了。

丹佛斯　你叫我纳闷儿，先生，你干吗要回到这里来？

赫　尔　咦，理由太简单了。我是来干魔鬼的勾当啊。我是来劝告基督徒该撒谎，弄虚作假啊。（他那股嘲讽的语调弱下来了）我对一些人的屈死负有责任！您没有看出我对一些人的屈死该负责吗!!

巴里斯　嘘!（因为他听见了脚步声，大家都面对那扇牢门。哈里克把伊丽莎白带进来。她带着沉重的手铐，哈里克给她解下来。她消瘦，面色苍白，衣服肮里肮脏。哈里克又走出去）

丹佛斯　（颇有礼貌地）普洛克托大嫂。（她沉默不语）我希望你的身体还好吧。

伊丽莎白　（提醒似的）还得有六个月我才生呐。

丹佛斯　请尽管放心，我们不是来要你这条命的。我们——（不知怎样向她提出请求，因为他一向不屑于这种事）赫尔先生，还是你跟这个女人说说吧。

赫　尔　普洛克托大嫂，天一亮，您的丈夫就要给处决啦。

［停顿。

伊丽莎白　(轻声地)这我听说了。

赫　尔　您知不知道我跟这个法庭没有什么关联?(她好像有点怀疑)我是自愿到这里来的，普洛克托大嫂。我想拯救您的丈夫，因为他要是给处决了，我就把自己看成是谋杀他的一名凶手。您明白我的意思吗?

伊丽莎白　你要我干什么?

赫　尔　普洛克托大嫂，这三个月以来我就像我们的主那样走进了一片蛮荒野地，寻求基督徒应走的一条道。一个劝人撒谎的牧师，主会加倍处罚他的。

哈　桑　不是撒谎，您不能说那是撒谎。

赫　尔　就是撒谎!那些犯人个个清白无辜!

丹佛斯　我不想再听这种话!

赫　尔　(继续对伊丽莎白说)我希望您不要像我那样错误地理解自己的责任。我来到这个乡镇，就像一个新郎来到他最心爱的人儿家里一样，带来的礼物是至高无上的宗教，还带来了神圣法律的真正光环;可是我满怀信心地一抚摸什么，什么就立刻死去;我那虔诚的目光——转向哪里，哪里就鲜血横流。警惕啊，普洛克托大嫂——信仰如果带来了鲜血，就不要再坚信那种信仰。是那种错误的法律叫您白白牺牲性命。生命，大嫂，生命是上帝最宝贵的恩赐，而原则，即使是光荣的原则，也不可以成为剥夺人的生命的正当理由。大嫂，我请您劝说您的丈夫招认吧。就让他说谎好了。不要因此而怕上帝的审判，因为宁愿让上帝谴责他是个说谎的人，也总比他为了自尊心而丧失自己的生命好。您能说服他吗？我想别人的话他都听不进耳。

伊丽莎白　（轻声地）我觉得这真像魔鬼的诡辩。

赫　尔　（绝望到极点）大嫂，在上帝的法律面前，我们人人都像猪一样蠢呵！我们没法知道上帝的意志！

伊丽莎白　我没法跟您争论，我缺少这方面的知识。

丹佛斯　（走向她）普洛克托大嫂，我们把你叫来不是为了跟你斗嘴。你心眼里就没有一丁点儿做妻子的感情吗？太阳一出来，他就要给处决啦。你的丈夫，你明白吗？（她光瞧着他）你怎么说？想不想说服他？（她默不吭声）你难道是块石头吗？我跟你说实话，大嫂子，我即使没得到其他证据说明你反常，你现在一双不落泪的眼睛也足以说明你把灵魂交给魔鬼啦！一只猴子遇到这种灾祸也会掉眼泪的！难道魔鬼已经使你连怜悯的眼泪都耗干了吗？(她默不吭声)把她押下去。让她跟她丈夫说话也得不出什么好结果！

伊丽莎白　(轻声地)让我跟他说两句话，阁下。

巴里斯　(满怀希望)你能把他争取过来吗？(她犹豫不定)

丹佛斯　你能说服他，叫他忏悔，还是不能？

伊丽莎白　我啥也不敢保证。让我跟他谈谈试试。

［一阵响声——石板地上拖曳的步履声。他们都转身瞧着门口。静默片刻。哈里克把普洛克托押来了。他戴着手铐，跟从前判若两人，一脸络腮胡子，浑身邋里邋遢，两眼好像结了一层网膜那样朦胧。他在门口站住，瞥见伊丽莎白。夫妻间交流一阵强烈的感情，这使旁人半晌没有吱声。赫尔显然受到感动，朝丹佛斯走去，跟

他轻声说话。

赫　尔　阁下，就让他俩单独谈谈吧。

丹佛斯　（把赫尔厌烦地推开）普洛克托先生，狱方已经通知你没有？

［普洛克托沉默不语，凝视着伊丽莎白。

我看见天边渐渐亮了，先生；你跟你老婆商议一下吧，愿主帮助你背离魔鬼。

［普洛克托沉默不语，凝视着伊丽莎白。

赫　尔　（轻声地）阁下，让——

［丹佛斯从赫尔身边一擦而过，朝门外走去，后者跟随在后。契佛也站起来走了，哈桑殿后随下。接着哈里克也出去了。巴里斯在与普洛克托相隔一段安全距离之外献殷勤。

巴里斯　你要是想喝一杯苹果酒，普洛克托先生，我相信我——

［普洛克托回身冷冷地瞪他一眼，于是他止住了。接着他冲普洛克托举起两只手掌。

主现在指引你。（巴里斯下）

［台上只剩下夫妻俩。普洛克托朝她走过去几步，又站住了。他俩仿佛处在一个令人昏眩的旋转世界里，超出忧伤的分儿。他好像向一个不那么实在的形体伸出手去，在抚摸到她的时候，他喉咙里轻轻发出一阵似笑非笑的诧异的怪声。他拍拍她的手。她也用双手紧握他的手。随后，她看到他软弱无力地坐下。她也面对着他坐下来。

普洛克托　胎儿好吗？

伊丽莎白　在长个儿。

普洛克托　家里两个男孩子有消息吗？

伊丽莎白　他们都还好。吕蓓卡家的萨缪尔在照顾他俩。

普洛克托　你没见到他们吗？

伊丽莎白　没有。（她感到内心一阵虚弱，连忙强打起精神来）

普洛克托　你真了不起，伊丽莎白。

伊丽莎白　你——你受到严刑拷打了吗？

普洛克托　受了。（停顿。她不愿让自己淹没在那种威胁她的汪洋大海里）他们现在要我的性命啦。

伊丽莎白　我知道。

［停顿。

普洛克托　至今还没有人招认吧？

伊丽莎白　有好多人招认了。

普洛克托　谁？

伊丽莎白　据说已经有一百多人。巴拉德大娘啦，伊赛亚·古德堪啦，还有好多其他人。

普洛克托　吕蓓卡呐？

伊丽莎白　她没有。她如今已经一只脚踏进天堂，什么也不能再伤害她啦。

普洛克托　詹理斯老头儿呢？

伊丽莎白　你还没听说吗？

普洛克托　我给关在地牢里，什么也听不到。

伊丽莎白　詹理斯死了。

［他难以置信地瞧着她。

普洛克托　他什么时候给处死的？

伊丽莎白　（沉静而具体地）他不是给绞死的。他闭口不答对他的指控，因为他要是否认，他们必定绞死他，并且把他的财产拍卖掉。所以他拒不回答；按照法律，他就是以一名基督徒的身份死去的。这样他的儿子就可以继承他的农场。这是法律，因为他没有回答那种指控是否属实，所以不能判定他是个巫师。

普洛克托　那他是怎么死的？

伊丽莎白　（轻声地）他们把他压死的，约翰。

普洛克托　压死的？

伊丽莎白　他们把大石头压在他的胸脯上，让他坦白交待。（一想到老头儿那股倔强的劲儿，不免漾出一丝微笑）听说他只对他们说了一句话，“嗨，再往上加点分量！”就这样活活给压死了。

普洛克托　（愣住了——勾起自己内心的痛苦）“再往上加点分量！”

伊丽莎白　嗯，詹理斯·考莱可是一位叫人肃然起敬的老大爷。

［沉默。

普洛克托　（拿出极大的毅力说，但没有怎么瞧着她）我一直在想干脆顺他们的心意，向他们交待算了。

（她毫无表情）我要是那样做，你觉得怎么样？

伊丽莎白　我不能说你对还是不对，约翰。

［沉默。

普洛克托　（只问问罢了）那你希望我怎么做？

伊丽莎白　你怎么做，我都同意。（稍顿）我只希望你能活下来，约翰。这是肯定的。

普洛克托　（沉默片刻，接着怀着一线希望）詹理斯的老伴儿呢？她招认没有？

伊丽莎白　没有。

［沉默。

普洛克托　这是一场欺诈，伊丽莎白。

伊丽莎白　怎么？

普洛克托　我不能像一名圣徒那样登上绞刑架。这是一场骗局。我不是那种人。（她沉默不语）我的诚实到了尽头，伊丽莎白；我并不是个十全十美的人。向他们撒这个谎，早就不算什么堕落了，而且对谁也不会有损害。

伊丽莎白　可是直到眼前你并没有招认啊。这就说明你为人善良正派。

普洛克托　那只是愤怒叫我保持沉默罢了。向狗撒谎是件很不容易的事。（停顿。他头一次转身面对着她）我请求你宽恕，伊丽莎白。

伊丽莎白　不该由我来宽恕，约翰，我——

普洛克托　我希望你能理解我这句话多少带点诚意。让那些从来没撒过谎的好人为了保全他们的灵魂，现在就死去吧。这一切对我来说，全都是无谓的，自负蒙蔽不了上帝，也不能叫我的孩子逃脱这场灾难。（停顿）你说呢？

伊丽莎白　（一直抽抽噎噎，想哭出来）约翰，你要是不宽恕自己，我即使宽恕你也没用。（这当儿他极为痛苦地把脸转过去一点）那不是我的灵魂，约翰，而是你的。（他慢慢费劲地站起来，好像身子疼痛似的，同时搜索枯肠找话答复；她都快哭出来了）你只要确信这一点就行了，因为我现在明白：你不管怎样做，都是个正直善良的人。（他转身，用他那疑惑而锐利的目光注视着她）这三个月来我内心在反省，约翰。（停顿）我也有自己的罪过。促使丈夫另寻别欢是因为妻子冷冰冰。

普洛克托　（极为痛苦地）够了，你别再往下说了！

伊丽莎白　（掏出心窝话）你应该了解我才好！

普洛克托　我不要听！我早就了解你！

伊丽莎白　你把我的罪过也一揽子承担下来了，约翰——

普洛克托　（痛苦地）没有，我只承担我自己的，我自己的！

伊丽莎白　约翰，我觉得自己是那么平凡，那么没有样儿，忠贞的爱情不可能落在我的身上！我在吻你的时候，心里还在猜疑；我从来不知道怎样表达爱情。我管的那个家是个冰凉的家！（哈桑上，她惊吓地闪避开）

哈　桑　怎么样，普洛克托？太阳马上就要升起来啦！

［普洛克托转向伊丽莎白，胸脯一起一伏，两眼瞪视。她央求似的朝他走去，嗓音发颤。

伊丽莎白　随你的心愿去做吧，但是不要让任何人当你的审判员。天底下没有比你普洛克托本人更高的审判员啦！原谅我，约翰，原谅我——我过去从来不知道人世间有这样善良正直的品德！（她捂脸悲泣）

［普洛克托把视线从她身上移向哈桑；他精神有点失常，嗓音瓮声瓮气。

普洛克托　我要活下去。

哈　桑　（震惊而诧异）你准备忏悔吗？

普洛克托　我不想死。

哈　桑　（用神秘的声调说）赞美主！这真是天意！（他冲出大门，可以听到他在走廊里的喊声）他要忏悔啦！普洛克托要忏悔啦！

普洛克托　（大步走向门口喊道）你喊什么？（他极端痛苦地转向她）这简直是邪恶，是不是？邪恶。

伊丽莎白　（恐惧地啜泣）我不能说你对还是不对，约翰，我不能！

普洛克托　那该由谁来对我做出评断。（突然把十指交叉起来）上帝啊，约翰·普洛克托是个什么人，约翰·普洛克托是个什么玩意儿？（他像头野兽那样晃动，怒火满腔，干着急地探索）我认为这样做很诚实，我想是的；我不是圣徒。（他觉出她不承认这点似的，又冲她厉声道）让吕蓓卡像个圣徒那样升天吧；对我来说，那是欺诈！

［从过道里传来几个人克制兴奋的心情叽叽喳喳交谈的声音。

伊丽莎白　我不是评断你的人，我不能充当那种角色。（仿佛把他释放了似的）你想怎么做就怎么做吧。

普洛克托　你愿意向他们撒这个谎吗？说啊，愿不愿意？（她答不上来）不愿意；要是他们用火钳烧你，你也不愿意！这是邪恶。好啦，——这是邪恶，我来干！

［哈桑和丹佛斯上，契佛、巴里斯和赫尔也随后而进。他们进来得挺快而又有条不紊，仿佛坚冰已破。

丹佛斯　（带着十分宽慰和感恩的神情）光荣归于主，伙计，荣耀归于主；主会为此而赐福给你的。（契佛拿着笔、墨水和纸急忙朝长凳走去。普洛克托瞧着他们）那么，现在就忏悔吧。准备好了吗，契佛？

普洛克托　（对他们这种效率不禁悚然）干吗要记下来？

丹佛斯　哎呀，很好地启发启发老乡嘛，先生；我们要把它张贴在教堂大门上！（急切地对巴里斯说）警长哪儿去了？

巴里斯　（跑到门口，冲走廊里喊道）警长！快来！

丹佛斯　那么，先生，为了照顾契佛先生记录，请说得慢一点，简明扼要些。（他真的开始向契佛口述，后者记录在案）普洛克托先生，你平生见过魔鬼吗？（普洛克托咬紧牙关）说吧，老伙计，天边已经亮了；乡亲们都在绞刑架那儿等着呐；我会向他们宣布这个消息。你见过魔鬼吗？

普洛克托　见过！

巴里斯　赞美主！

丹佛斯　他来找你，向你提出什么要求了？（普洛克托沉默不语。丹佛斯又提醒道）他要求你在人间给他干活吗？

普洛克托　要求了。

丹佛斯　那你发誓为他效劳吗？（吕蓓卡由哈里克搀扶进来，她几乎走不动路了；丹佛斯转身冲她说）进来，进来，老婆子！

吕蓓卡　（一见到普洛克托，脸上露出喜色）喂，约翰！你还挺硬朗啊，呃？

［普洛克托冲墙扭过脸去。

丹佛斯　勇敢点，伙计，勇敢点——让她亲眼看看你的好榜样，也能回到上帝这边来。好好听着，诺斯老太太！说下去，普洛克托先生。你发誓为魔鬼效劳吗？

吕蓓卡　（惊讶地）怎么，约翰你！

普洛克托　（扭头不看吕蓓卡，咬紧牙关说）发誓了。

丹佛斯　喏，老婆子，你想必看到现在再想隐瞒这场阴谋已经没有什么好处了。你愿不愿意跟他一块儿忏悔？

吕蓓卡　噢，约翰——主怜悯你！

丹佛斯　我说你愿不愿意忏悔，诺斯老太太！

吕蓓卡　哎呀，这是撒谎，这是撒谎；我怎么能诅咒我自己呢？我不能，我不能。

丹佛斯　普洛克托先生。魔鬼来找你，你有没有看到吕蓓卡·诺斯跟他在一块儿？（普洛克托默不吭声）得了，伙计，鼓起勇气来——你有没有看到她跟魔鬼在一块儿？

普洛克托　（声音低得几乎叫人听不见）没有。

［丹佛斯这时觉出有点不对头，瞥一眼约翰，走到桌前抄起一张纸——一张犯人的名单。

丹佛斯 你有没有看到她的妹妹玛丽·伊斯蒂跟魔鬼在一起？

普洛克托 没有，没看见。

丹佛斯 （眯起眼睛瞧着普洛克托）你有没有看到玛莎·考莱跟魔鬼在一起？

普洛克托 没看见。

丹佛斯 （恍然大悟受了骗，慢慢放下那张名单）那你看见谁跟魔鬼在一块儿？

普洛克托 我啊，谁也没看见。

丹佛斯 普洛克托，你认错人啦。我可没有被授权跟你作这项交易，拿你的生命换取谎言。你一定看到有些人跟魔鬼在一起。（普洛克托不吭声）普洛克托先生，如今已经有二十个人作证说看见这个老婆子跟魔鬼在一块儿了。

普洛克托 既然已经证实，干吗还非要我说不可？

丹佛斯 干吗还“非要”你说不可！怎么，你要是灵魂里当真涤荡了对魔鬼的热爱，就应该高高兴兴讲出来！

普洛克托　他们想如同圣徒那样升天堂。我不想破坏他们的名誉。

丹佛斯　（疑惑地问）普洛克托先生，你认为他们真像圣徒那样升天吗？

普洛克托　（避而不答）这个女人从来也没认为她给魔鬼当过差。

丹佛斯　听着，先生。我觉得你搞错了你在这儿的责任了。她怎样认为，根本没多大关系——人家指控她邪恶地谋杀小孩，指控你撒出精灵鬼怪威胁玛丽·沃伦。这里争论的是你的灵魂，先生，除非你能证明你的灵魂纯洁，否则的话，你就不能活在一个信仰基督教的国家里。现在，你愿不愿意告诉我什么人同你一齐阴谋勾结魔鬼？（普洛克托不吭声）据你所知，吕蓓卡·诺斯有没有——

普洛克托　我只能交代自己的罪恶；我不能瞎咬别人。（愤怒地喊道）我不会血口喷人！

赫　尔　（立即对丹佛斯说）阁下，他自己已经忏悔也就够了。让他签名，签个名吧。

巴里斯　（狂热地）这可帮了个大忙，先生。他的名字很有影响；普洛克托忏悔了，这会打动老百姓的心。我请您就让他签字吧。太阳马上就要出来啦，阁下！

丹佛斯 （考虑片刻，接着不甚满意地）好吧，那你就在你的证言书上签个名吧。（对契佛）交给他。（契佛拿着那份忏悔书和一管笔，走向普洛克托。普洛克托不看那张纸）得啦，伙计，签吧。

普洛克托 （朝那份忏悔书瞥一眼）你们都当了见证人——也就够了。

丹佛斯 你不想签？

普洛克托 你们都已经亲眼见证了，干吗还要这个手续呢？

丹佛斯 你在跟我开玩笑吗？先生，你要么签上名字，要么就不算忏悔！（他气得胸脯一起一伏地喘气；普洛克托这时把纸放平整，在上面签了名字）

巴里斯 赞美主！

［普洛克托刚一签好，丹佛斯就伸手去取。可是普洛克托一把抓牢那张纸，把它举起来；这当儿，他惶恐不安，

愤怒不已。

丹佛斯 （困惑不解，可是仍然颇有礼貌地向他伸出手）请交给我吧，先生。

普洛克托 不行。

丹佛斯 （好像普洛克托不理解似的）普洛克托先生，我必须得到——

普洛克托 不行，不行。我已经签了名，你们也都见到了。这就行了！你们无须乎得到这个。

丹佛斯 普洛克托，乡镇得有个证明——

普洛克托 去它的乡镇！我向主忏悔，主也看到我签字了！这就够了！

丹佛斯 不行，先生，这是——

普洛克托 你不是来拯救我的灵魂吗？瞧！我已经忏悔，这就可以了！

丹佛斯 你没有交代——

普洛克托 我自己已经忏悔！难道非把它公开不可，否则就不算好的悔过吗？上帝不需要把我的名字钉在教堂大门上！上帝看见了我的名字；我的罪孽有多深，上帝一清二楚！这就够了！

丹佛斯 普洛克托先生——

普洛克托　你甭想利用我！我不是萨拉·古德，也不是蒂图芭，我是约翰·普洛克托！你甭想利用我！拯救灵魂，不包括你应该利用我！

丹佛斯　我并不想——

普洛克托　我有三个孩子——我如果出卖朋友，还怎么教导我的孩子在人间应该心胸坦荡，为人正直呢？

丹佛斯　你没有出卖朋友——

普洛克托　别哄骗我啦！就在他们默不认罪而被绞死的当天，这个玩意儿钉在教堂门口就等于我往他们脸上抹黑！

丹佛斯　普洛克托先生，我必须有完善的法律上的证据说明你——

普洛克托　你是最高法庭的代表，你的话就够完善的了！告诉他们我交代了自己的罪恶，就说普洛克托屈膝投降了，像个婆娘那样痛哭流涕；随你怎么说都行，可是我的名字却不能——

丹佛斯　（疑惑地）那不都一样吗？我公布出去，跟你在上面签字，不都一样吗？

普洛克托　（理解这是蠢事）不，不，不一样！人家怎么说，跟我在上面签字，并不一样！

丹佛斯　怎么？你打算一获得自由就赖掉这次忏悔吗？

普洛克托　我啥也不打算赖掉！

丹佛斯　那就请你给我解释解释，普洛克托先生，为什么你不让——

普洛克托　（激昂地）因为这是我的名声！因为我一生不可能再另有别的名声！因为我撒了谎，还在谎言书上签了字！因为我在那些登上绞刑架视死如归的人面前连粪土都不如！我怎么能名誉扫地地活下去？我已经把灵魂交给你，别再碰我的名声！

丹佛斯　（指着普洛克托那份忏悔书）这份文件上交代的全是谎言吗？如果是，我不能接受！你说怎么办？我不跟谎言打交道，先生！（普洛克托一动也不动）除非你向我老老实实交待你的罪恶，否则的话，我不能赦免你的绞刑。（普洛克托没有回答）你到底选择哪条道，先生？

［普洛克托气喘吁吁，两眼瞪视，把那张纸扯得粉碎，揉成一团；他满腔怒火，落下泪来，却仍巍然屹立。

丹佛斯　警长！

巴里斯　（歇斯底里地喊道，仿佛那张扯碎的纸是他的生命似的)普洛克托，普洛克托!

赫　尔　唉，你会给绞死的啊！你不能这样!

普洛克托　(热泪盈眶)我能。这是你们造就出来的第一个奇迹：我能。你们的魔法起作用了，因为现在我确实认为我在约翰·普洛克托身上看到了一点点正直的品德。虽然它不够织成一面旗帜，却清白得足以不跟那些狗杂种狼狈为奸，同流合污。(伊丽莎白一阵战栗，冲向普洛克托，扑在他的臂弯中啼哭)不要给他们眼泪！哭只会叫他们高兴！拿出尊严来，表现出铁石心肠，彻底整垮他们!(他把她搀扶起来，热情地吻她)

吕蓓卡　愿你无所畏惧！另一次审判在等待我们大家呐!

丹佛斯　把他们统统绞死，高挂在乡镇示众！谁要是哭这些人，就是哀悼腐败堕落!(他大模大样地从他们身旁走出去。哈里克押走吕蓓卡，她差点儿瘫倒下来，普洛克托一把把她扶住，她歉疚地抬头看他一眼)

吕蓓卡　我没吃早饭，头有点晕。

哈里克 走吧。

［哈里克把他俩押出去，哈桑和契佛跟随在后。伊丽莎白站在那里呆视着空荡荡的门口。

巴里斯 （惶恐万分，对伊丽莎白说）快去找他，普洛克托大嫂！还有时间！

［外面响起一阵咚咚的擂鼓声，打破沉寂。巴里斯大吃一惊。伊丽莎白猛地转身朝着窗口。

巴里斯 去找他吧！（他冲出牢门，好像要保住普洛克托的性命似的）普洛克托！普洛克托！

［又是一阵短暂的擂鼓声。

赫 尔 大嫂，去说服他吧！（他向门外冲去，又转回来对她说）大嫂！那样做只是傲慢，只是虚荣。（她避开他的目光，朝窗口走去。赫尔跪了下来）去帮助他吧！——流血对他又有什么好处？尘土会赞美他吗？蛆虫会宣布他的真理吗？去找他吧，别让他蒙受耻辱！

伊丽莎白 （紧紧抓住窗户的铁栏杆免得瘫倒，高声喊道)他现在保全他那正直的美德啦。主不容许我剥夺他这种美德呵!

[行刑前最后一轮擂鼓声骤起,接着震天价响起来。赫尔狂乱地祈祷啜泣;晨曦透进来洒在伊丽莎白脸上;鼓声在黎明阵阵清风中宛如骨节那样咔咔作响。

幕　落

走廊里的回声

这阵狂热消逝后不久，巴里斯牧师经公众投票落选，失去神职；他走上公路，从此杳无音讯。

传说阿碧格后来被发现在波士顿沦为一名娼妓。

自从最后一批人给处决之后，过了二十年政府当局才对侥幸活下来的受害者和死难者的家属作了赔偿。然而，有些人显然还不愿承认他们所犯下的整个错误，派系族党也依然存在，因为有些受赔偿的人根本就不是什么受害者，却是告密者。

普洛克托遇难后，伊丽莎白守寡四年，后来又改嫁了。

一七一二年三月，教会举行隆重大会，撤销了过去革除许多人教籍的错误决定。不过，他们是在政府的指令下才这样做的。不管怎么说，陪审团还是发布了一项声明，向所有受过折磨的人赔礼道歉，请求宽恕。

一些受难者的农场荒无人烟，竟有一百多年之久没人愿意购买那些田园，也没人愿意住进去。

但是，神权的统治力量实质上在马萨诸塞州毕竟是垮台了。

图字：09－2018－1300 号

图书在版编目(CIP)数据

萨勒姆的女巫/（美）阿瑟·米勒（Arthur Miller）著；梅绍武译. —上海：上海译文出版社，2020.7（2025.7 重印）
（阿瑟·米勒作品系列）
书名原文：The Crucible
ISBN 978－7－5327－8304－5

Ⅰ.①萨… Ⅱ.①阿…②梅… Ⅲ.①话剧—剧本—美国—现代 Ⅳ.①I712.35

中国版本图书馆 CIP 数据核字（2020）第 075686 号

萨勒姆的女巫
The Crucible

Arthur Miller
阿瑟·米勒 著
梅绍武 译

出版统筹 赵武平
责任编辑 陈飞雪
装帧设计 周安迪

上海译文出版社有限公司出版、发行
网址：www.yiwen.com.cn
201101 上海市闵行区号景路159弄B座
浙江中恒世纪印务有限公司印刷

开本 787×1092 1/32 印张 8.5 插页 5 字数 88,000
2020 年 8 月第 1 版 2025 年 7 月第 4 次印刷

ISBN 978－7－5327－8304－5
定价：55.00 元